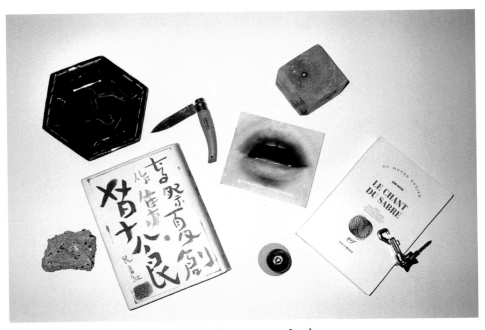

Opening Ceremony 2012, Seoul

m/m grape 2010, Seoul

여기와 거기   장우철

ㄴㄴ > < ㄷㄴ
 ㄴ

서문 —— 첫 바다

4월이었는데, 원고와 사진을 먼저 본 사람이 말했습니다. "우철 씨를 아는 사람이라면 좋아할 거예요. 하지만 모르는 사람이라면 좀 오해할지도 몰라요." 듣고서 어땠느냐면 글쎄요, 좋았습니다. 말의 뼈는 당연히 뒷말에 있는 줄 알면서도 웃었습니다. 아는 사람이 좋아할 거라니……

이를테면 저는 이런 말이 좋았습니다. "네가 왜 그러는지 알아" "평소와 다르네?" "그렇게 말하지 마, 거짓말이잖아" "너의 가장 유치한 점은 따뜻하다는 거야"…… 아는 사람끼리 하는 말. 너니까 나에게, 나니까 너에게 하는 말, 실은 그것만을 믿었습니다. 모르는 사람에게 할 말이라면 "누구세요?" 뿐이니, 오해할 테면 오해하는 수밖에 없지 않나? 그리 생각했습니다. 잡지의 에디터로서 매달 독자들이 펼칠 페이지를 만들면서도 막상 그것이 구체적인 누군가를 향한 것이라 생각하면 딴청을 피우고 싶었습니다. 고백인데 고백으로 들리려는지요. 저는 부끄러웠습니다.

책을 한 권 내자는 제안을 9년 전에 처음 들었습니다. 스물여덟이었네요. 제 대답은 "그러지 않아도 서점이 쓰레기장 같은데, 내 이름표 달린 쓰레기 하나 더하는 건 기필코 사양한다"였습니다. 제법 기백이 넘쳤습니다만, 그때 저질렀더라면 한 7킬로그램쯤 덜 나가는 몸무게로 부끄러웠을 텐데, 이제 와 생각하기도 합니다. 이 책은 저의 첫 책입니다.

글을 쓰고 사진을 찍었습니다. 글을 다듬고 사진을 가렸습니다. 딱히 여행이라 생각지 않고도 여기저기 쏘다녔습니다. 그러다 마주친 풍경과 사람과 노래와 나무와 종이와 돌과 자동차와…… 세상의 모든 것들은 따로따로 있지 않음을 알았습니다. 거기에 있는 것과 여기서 생각나는 것이 어떻게든 이어져 있었습니다. 벚꽃의 4월에, 하필 몇 년 전 12월에 했던 이소라와의 인터뷰가 생각나는 것은, 괜히 그러려고 해서 그러는 게 아니었습니다. 봄에도 눈이 오고 어떤 여름밤엔 카디건이 아쉽듯이 한결같지 않은, 결코 한결같을 수 없는 충동을, 그 충돌을 좋아한다 말하고 싶었습니다. 행여 그것이 쓸데없는 고백이 될지라도, 멀쩡한 길에서 '길을 잃었다'며 스스로 망상을 덧씌우거나, 짐짓 깨달은 척 '당신은 혹시 열정을 잃어버리셨나요?' 낯뜨거운 복음을 설파하고 싶지 않았습니다. 그럴 수가 저는, 없었습니다.

대신 지금의 기쁨이라면 노래로 만들어서라도 부르고 싶었습니다. 가령, 15세기 독일 작가가 쓴 책을 19세기 조선 도공이 빚은 그릇 곁에 두고 1970년대에 녹음한 노래를 들으며 오늘 아침 꽃을 피운 자귀나무를 보는 지금을 말입니다. 모두 여기 있으므로, 추억이 아니라 바로 지금이기에 아름답다 생각했습니다. 여럿을 순서 없이 모았습니다. 한층 어렴풋해지기도 했습니다. 이 책입니다.

당신을 향한 말은 여전히, 누구세요? 일는지도 모르겠습니다. 하지만 그다음은 응당 웃는 인사려니 짐작합니다. 거기에 있는 당신은 지금 첫 바다이고,

여기 제 이름은 장우철입니다.

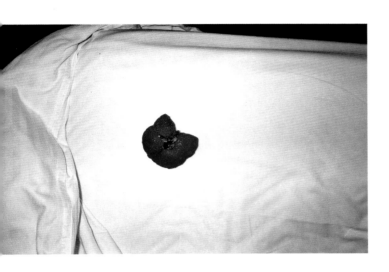

　책을 만드는 내내 논산에 계신 어머니와 『GQ』 이충걸 편집장님
을 생각했습니다. 그리고 계절이 몇 번쯤 바뀌어 지금이 되었습니
다. 시간보다 더, 마음이 길어졌음을 당신은 아실는지요.

서문 —— 첫 바다 *6*

차례

봄이라   말하려니

봄은 자꾸 물어야 올 것 같다

이런가요? 저런가요?

아닌가요? 언제였죠?

집을 비우고

길을 비우고

살구나무와 자두나무를 혼동하는 동안

4월의 일을 3월로 아는 동안

대답하길 망설이려는 동안

봄은 또한,

Bud 2011, Seoul

찬물

선생의 글을 옮기다 손을 씻었다. 찬물이 차게만 닿는 수돗가는 이맘때가 아니라 10월 같았다. 이왕 차가워진 손을 이마에 대보았다. 달. 내내 그 손으로 목을 감싸보았다. 석류목. 흔들어 물기를 털다가 성큼 다른 손을 맞잡기도 했다. 괜찮구나, 그 정도구나, 예감하지 않으려 자리로 돌아왔다. 선생의 한가한 때를 옮겨 적다가 공연히 찬 손이 되었다. 모르긴 몰라도 찬 걸로 치면 대야 속 큰 달이 더할 듯했다.

논산의 봄

와야리 딸기밭 갈아엎은 자리에 자운영이 올라왔다.
남쪽을 향하여
오른쪽은 은진미륵이고 왼쪽은 가야곡 가는 길.
냉이가 새면, 그때가 자운영이다.
지들끼리 시시덕대느라 누가 오거나 말거나
상관도 없는 그것들을 한사코 쓰다듬었다.
너는 네 이름을 아니?
혹시 네 이름을 아니?
무릎을 펴고,
탑정호 수문 앞으로 가 환타를 마셨다.

아호리 도살장 쪽으로 이어진
차 두 대가 겨우 비켜다니는 높은 둑
비탈로는 쑥이 제법인지
농약이나 비료 이름이 쓰여 있는 챙 넓은 모자를 쓴 사람들이 모여 있었다.
그때도 그렇게 크더니 지금은 더 커버린
작년의 열매를 덜렁거리는
플라타너스
알아보겠니?

아호리는 애오락이라고도 불렸다.

고기를 잡으러 그곳에 가곤 했다.

앞에 나를 태우고 뒤에 누나를 태우고

아빠의 자전거는 뛰뚤뛰뚤 둑을 따라갔다.

1984년의 된장을 개어 어항 꽁무니에 붙이고

공기가 안 차도록 물속에 설치하면

10분쯤 지났으려나, 어항 속에는

그냥 칠어와 지느러미가 화려한 떡칠어가 떼로 어지러웠다.

나는 돌 사이로 숨어다니는 을문이를 맨손으로 잡아보려 애를 썼다.

모래를 가만 보면,

말조개가 다닌 길을 대번 알 수 있다는데 나는 그것도 젬병이었다.

일대에 보라색 자운영 꽃이 지천이었으니

봄에도 고기를 잡으러 갔던 걸까?

물이 아직 차지 않았을까?

마구평으로 가서

지난가을에 알아둔 고졸한 적산가옥을 들여다보고자 했다.

그런데 저 멀리 파랗게 새로 칠한 지붕이 보인다.

이런, 바로 어제 칠했나?

오늘은 벽체를 마저 흰색으로 칠하고 있었다.

"무슨 일이십니까?"

페인트공이 이쪽을 보지도 않고 묻는다.

"이 동네에 살았었는데, 공사하시기에요."

두유 같은 거짓말이라 해두자.

연못을 중심으로

전나무 아름드리가 하나, 굽은 향나무가 하나,
모과나무가 하나(지난 계절에 떨어져 썩었을 검은 모과도 있다),
철쭉과 라일락도 하나씩.
그곳은 곧 영양탕집이 될 거라고 망대 내리는 아저씨가 모자를 쓰시며 일러주셨다.
그때가 되면 아저씨, 맛있게 드시고 건강하세요.

3시쯤 가톨릭신문을 펴고 벌금자리를 다듬었다.
벌금자리는 다듬기가 꽤 귀찮은 종류다.
생긴 게 반쯤 풀린 파마머리 같아서 사이사이로 검불이나 다른 잡초가 끼어 있기 쉽다.
그걸 무쳐 밥을 먹고
피시방에서 엄한 짓이나 하다 돌아오는데
준비를 마친 논산의 밤공기가 명찰을 달고 훅 찌른다.
나 알아
너를 알아
그것도 꽤 잘 알지.
내내 생각하던 사람을 모퉁이에서 만난 듯
조금 찡그리고 웃었다.

주말엔 더 남쪽으로 가야 할까?
어머닌 주무시네.

21

윤택수

국도변 무덤가에 제비꽃은 피었을 텐가? 이따금 오가는 트럭 소리, 나는 귀를 파고 있었다. 진도쯤 좋지 않을까? 사곡에서 유구 넘어가는 고갯길 좋지 않을까? 거기라면 어떨까, 어디라도 좋으니 거기라면 좋지 않을까?

송재학이 경주 옛 절터에서 어루만지듯 본 것들, 쭈그리고 앉아 수줍은 현호색 무더기에게 기꺼이 전한 말들. 허수경이 킥킥거리며 걸었다는 길들, "당신이라는 말 참 좋지요"라며 킥킥거렸다고 기억하는 날들. 황인숙이 분홍새를 보았다 던진 소리들, 아침에 굴뚝 위로 솟구쳐오르는 분홍새를 보았을 뿐이라며 내밀던 입술들. 장석남이 배를 밀며 생각이라 여긴 것들, 아무 데나 온 봄을 미워하며 문밖에 빈 그릇처럼 내놓은 낱말들. 그리고 윤택수가 4월에 후배들의 시화전에 보내온 시. ⇒ (발췌하듯 떠올린 시는 각각 송재학의 「감은사에 가다」, 허수경의 「혼자 가는 먼 집」, 황인숙의 「분홍새」, 장석남의 「배를 밀며」이다)

윤택수는 서클 선배였다. 그를 만난 것은 한 번, 아니면 두 번뿐이었다. 계룡산 동학사 어귀 계곡에 천막 치고 천렵 분위기 내며 먹는 식당에서 동동주였던가 막걸리였던가, 아마 둘 다였을 것이다. 술 한 잔에 장떡을 한 점 곁들인 내게 그는 몇 살인지 물었다. 닉스를 입은 나는 스물한 살. 그가 말했다. "지금은 모를 거예요. 어쩌면 전혀."

그가 시화전에 걸어달라며 1994년 봄에 후배들에게 보낸 시는 「철쭉의 노래」였다. 동기들과 돌려보며 말이 옛말 같다 했었다. 그러면서도 "칼 눌러 죽인 새"라는 말의 리듬, 미지근한 피를 만지는 것 같은 기분은 간직할 수밖에 없었다.

뇌졸중으로 쓰러졌다는 소식, 아직도 입원중이라는 소식, 그리고 세상을 떠났다는 소식을 해를 넘기며 드문드문 들었다. 찾아가진 못했다. 그를 잘 몰랐다. 알 수 없었고 멀리 있었다. 사후에 산문과 시가 각각 책으로 묶였는데 한참 지나서야 손에 들었다. 어떤 날이었는지는 기억나지 않는다. 그의 책을 읽다가 눈물이 났다.

생각할 수 있는 가장 야릇한 말이, 생각나지 않는 가장 섬뜩한 말이, 생각보다 먼저 거기에 가서 쓰여 있었다. 목련이 뚝뚝 지던 밤. 물이 얼던 밤. 여러 명과 잠든 밤. 지붕으로 비 오는 밤. 그날 그걸 읽었다고 말한다. 그러다 울었다고 정직이려니 말한다.

계절 없는 노래도 노래인가? 풍경에 우는 말도 시인가? 불안도 없이 봄밤일 수 있나? 당신은 왜 그걸 내게 보이나? 왜 그것을 가리키며 말하나? 어떻게 오늘에 가깝나, 또한 먼가.

서점에 갔다가 그의 책이 다시 들어왔기에 손 가는 대로 펼쳤더니 "그는 눈을 뭉쳐서 베어먹었다"라는 구절이 보였다. 그럴 때마다 이 책을 갖는다. 곡식처럼 거두어 셔츠처럼 보관하며 내 것이라 확인한다. 어제는 시무룩한 성계군에게 주점에서 책을 주고 오늘은 다시 추워졌다. '택수 형'이라고 불렀던 일은 없다. 그러나 여느 봄과 같은 봄, 묻고 싶고 듣고 싶다. 형에게.

구두를 산 날

잊을 만하면 한 번씩 황학동 벼룩시장에 갔다. 그날따라 생각난
건 검정색 스트레이트 팁. 타이 없이 재색 면슈트를 입고 그걸 찾
았다. 청계천 인근이 '디자인'풍으로 개발되면서 꽤나 난처한 표
정을 짓고 있는 서울의 벼룩시장은 동묘 주변 골목마다 두서없이
좌판을 펼쳐놓는 식이 되었다. 거기서 뭘 고르는 일이 유쾌하진 않
다. 차라리 쓸쓸하다면 모를까. 보물을 건지는 일이기보다는 그저
시간을 낚는 일. 회색 도리우치를 쓴 아저씨의 좌판에 낯익은 구두
가 있었다. 검정색, 공군 장교용 에스콰이아. 모자를 쓴 여인이 무
릎을 꿇고 두 손으로 구두를 바치는 상표는 거의 각인되어 있는 이
미지였다. 아저씨는 이만 원 받아야 천 원이 남지만 신어보고 맞으
면 만 원이라는 기이한 셈법을 구사했다. 그러자, 보나 마나 맞으
니 칠천 원이 어떻겠느냐는 배포가 내게서 나왔다. 그것을 구천 원
에 샀다.

겨우 개나리가 피기 시작했으니, 언감생심 동묘의 모란은 고양
이 세수도 안 했을 터, 대개 검은 옷을 입은 사람들 사이로 다니며
어깨를 펴야지, 걸음을 바르게 해야지, 그런 생각이나 했다. 택시
를 잡아타고 창경궁으로 갔다. 춘당지로 걸으며 뒷짐을 지었더니
검정 비닐봉지에 든 구두가 둔부를 툭툭 쳤다. 구름이 없는 날이
었다.

봄

Pause

2009, Seoul

2009, Tokyo

2007, Osaka

2008, Yeoncheon

2007, Antwerp

완도의 토요일, 진도의 일요일

서해안고속도로를 남쪽으로 달리다 함평천지휴게소에서 반건조 오징어를 사는데 그걸 굽는 아르바이트생의 손놀림이 하도 인상적이라 머물며 길게 쉬었다. 비약하자면, 남도에선 오징어를 굽는 데에서도 예인의 그것을 볼 수 있단 말인가? 산뜻했다.

목포에서 고속도로는 끝났다. 하지만 소용대로 이정표를 확인하면 어디로든 닿을 것이다. 나자빠진 봄동배추 위로 그림자가 길게 늘어지더니 해남 지나 완도로 들어설 무렵, 서쪽 하늘로 얼핏 달이 보였다.

완도엔 섬 둘레를 빙 도는 도로가 있는데, 완도대교를 건너 오른쪽으로 들어가 왼쪽으로 나오는 것이 어쩐지 자연스럽다. 완도와 다른 고장을 잇는 버스는 모두 왼쪽 길로만 오가는데, 그 때문인지 오른쪽으로 들어가는 길이 좀더 비밀스럽게도 느껴진다. 오늘은 특히 정도리에서 일몰을 맞고 싶었다. 정도리엔 늙은 호박만한, 공룡 알 같은, 두 손으로 들려면 으라차차 기합이 들어가는 돌덩어리들이 있다. 그리고 사이사이엔 작고 반질거리는 돌들이 또한 들어차 있다. 디디면 부딪는 소리가 맑다. 마치 실로폰을 두드리는 듯이.

거기서 지는 해를 겨우 배웅했다. 이윽고 어둠이 이불처럼 내려오더니 해변은 컴컴한 공중. 바다 쪽으론 몇 개의 불빛. 인근 섬의 부두 불빛인지, 통통거리는 배의 것인지 알 수 없었다.

토요일 밤 완도 읍내는 휑했다. 두 개의 전등이 있다면 그중 하나만 켠 것 같은. 미완인, 아물지 않은, 떠난, 돌아오지 않은, 그런 말들. 바람에 날리는 전단지를 닮은 무수한 것들. 그저 불빛이 많은 곳을 찾았더니 역시 모텔이 모여 있었다.

침대에 누워, 완도는 거칠다고 생각했다. 이를테면 완도엔 해수욕장이라 부를 만한 해변이 없으니, 바위 위에 지은 집처럼 사방이 거칠다. "예전엔 어려서 잘 몰랐는데, 완도가 좀 센 게 있어. 오랜만에 가면, 고향인데도 너무 거세게 다가오는 느낌이 들어. 완도가 좀 그래." 완도에서 태어나 고등학교까지 다닌 친구. 몇 년 전 정도리에 데리고 가 "여기서 보는 밤바다를 너무 좋아해"라고 말했던, 지금은 완도를 떠난, 정도리에서 사진을 찍어 전송했더니 '사무친다'는 답장을 보낸 미옥.

부두에 묶인 배들이 출렁대고 있을 터였다. 미옥에게 다시 전화를 걸어, 완도 사람만 아는 따뜻한 비밀을 말해달라고 했다. "떳밤이지!" 질문이 거시기하다 싶었는데, 대뜸 쨍한 소리로 대답이 왔다. "도토리도 아니고 밤도 아닌데 너무 맛있어. 가을에 그걸 먹을 생각을 하면 지금부터 즐거워. 그건 완도에서만 본 것 같은데?" 그 열매를 두어 개 손에 쥔 느낌을 그려보다 잠이 들었다. 나중에 알아보니 그것은 구실잣밤나무의 열매였다.

아침 일찍 전복죽 한 그릇 뜨고 완도를 등졌다. 오봉산 능선이 뚜렷하게 보이는 날씨. 진도로 가는 길은 훤하게 뚫려 있었고, 쌩쌩 달렸다. 일요일 아침이 이례적인 스피드로 시작되고 있었다.

고장의 이름 뒤에 '아리랑'이 붙는 곳은 어쩐지 애잔하다. 정선이 그렇고 밀양이 그렇다. 그리고 진도에도 아리랑이 있다. 시나위 가락의 앞소리와 자진모리 장단의 후렴이 서로를 맞고 보내는

구성은 때로 은근하고 때로 폭발한다. "아리아리랑 스리스리랑 아
라리가 났네." 제아무리 박자가 빠르고 가락이 경쾌하대도, '아리
랑 아리랑' 하는 말은 뭔가를 유예하는 듯 뒷면을 헤아리려는 길을
튼다. 시름을 잊어나보겠노라는 다짐. 정이라 일컫든 한이라 여기
든 아리랑 한 구절이 넘어갈 때마다 하루의 노동과 계절의 환희가
함께 아롱졌을 것이다.

　울둘목 위로 놓인 진도대교를 건너자 시야가 넓고 멀어졌다. 진
도는 큰 섬이구나. 곧장 완도와는 다른 공간감이 왔다. 햇빛은 뱃
살이 늘어지도록 드러눕고 있었다. 민들레가 박힌 길, 쾌청한 대
파밭, 크고 작은 저수지들, 붕붕거리는 봄.

　읍내를 지나 임회면 석교초등학교로 향했다. 한 가지 이유, 목
련을 보기 위해서. 피었을까? 일주일 전 석교초등학교 교무실로
졸업생이라며 전화를 걸었더니, "이제 하나둘 피는데 잘 모르겠어
요. 올핸 날씨가 이상하니까요" 애매한 대답을 들었던 터라 임회
면을 알리는 이정표가 가까운 거리를 표시할수록 조바심이 났다.
그러다 덜컥 목련을 만났다.

　개울이 있고 개울 건너 교정의 낮은 울타리가 있고 그 곁에 목
련이 있었다. 그런데 익숙한 목련의 모습이 아니었다. 목련이라면
좀더 아이보리색이어야 하지 않나? 좀더 꽉 차게 피어야 하지 않
나? 눈앞의 목련은 어딘지 부실한 형상이었다. 색은 창백했고, 꽃
은 벌러덩 젖혀졌고, 그마저 듬성듬성 성글었다. 나무는 오래전부
터 제 모습 그대로일 텐데, 왜 사람은 기대하고 실망하고 이렇다
저렇다 생각을 덧대는지. 주위엔 2학년 아이들 몇 명이 목련나무
를 기지 삼아 이리저리 뛰어다녔다. "형은 누구예요?"

　후에 천리포수목원 고규홍 감사님께 슬쩍 여쭸다가 뜻밖의 대답

을 들었다. "그 목련이 바로 우리나라 토종 목련입니다. 우리가 흔
히 보는 목련은 중국에서 들어온 백목련이 대부분이지요. 석교리
목련은 백목련에 비해 꽃이 활짝 펼쳐지는데, 그게 우리 토종 목련
입니다. 아쉽게도 일본인이 이 목련을 세계식물학회에 등록하는
바람에, 우리 이름이 아니라, 일본식 이름인 '고부시'라는 이름을
갖고 있습니다." 그런 사연.

정오가 가깝자 햇볕은 거의 양동이로 쏟아붓다시피 했다. 남도
석성으로 가는 길에 소 네 마리를 만났는데, 그야말로 한가로이 풀
을 뜯고 있었다. 가까이 가자 불안한 듯 경계하기에 서로 안심할
수 있는 거리에서 볕을 쪼였다. 아지랑이가 재 너머까지 이어졌
다. 여기는 남도의 봄, 아리아리랑.

진도는 섬이지만 바다보다는 들판으로 기억하고 싶은 곳이었
다. 개울과 저수지가 반짝거리고, 어른 허벅지 정도 자란 동백나
무가 있는 버스정류장엔 서울보다 얇은 옷을 입은 사람들이 버스
를 기다리고 있었다. 그 넓은 풍경에 취해 차를 아무리 천천히 몰
아도 빵빵대는 다른 차는 없었다.

오후에 진도 읍내로 가서 늦은 점심을 먹었다. '그냥 경양식'이
라는 돈가스집인데, 진도에서 자란 이들에게 이 집은 뚜렷한 기억
이라고 했다. 지금도 농구공을 든 소년부터 등산을 마친 아저씨들
까지 이곳에 모여서 돈가스를 먹는다. 부른 배를 가까스로 다스리
며 진도를 떠났다. 떠났으나 머무는 듯했다. 한동안 진도를 고향
이라 말하고 다녔다.

엄마와 금강에

예순여섯 김경임씨는 아들과 금강산 여행을 가기 하루 전날, 충청남도 논산에서 무궁화호를 타고 서울 용산역에 왔다. "아니 KTX 타라니까, 왜 그 지겨운 걸 타고 와? 차 오래 타는 거 어지럽다는 양반이." 왜 모를까, 백 원이라도 아끼고자 하는 것은 어쩔 수 없는 엄마의 습관이자 본능이다. 아들이 하도 '지랄지랄'하니까 택시를 타긴 탄다만 역시 내키진 않는다. 엄마는 혼자 사는 아들의 방에 들어오자마자 싱크대 앞에 서서 수세미에 퐁퐁을 묻힌다. "숨이나 좀 돌리거든 설거지를 하든 윷을 놀든 하세요. 지금 일하러 왔어?" 아랑곳없다. "철수세미나 사와. 가스렌지 닦게."

지퍼백에 이거 조금, 저거 조금 담아온 것은 황해도식 비지찌개 재료였다. 저녁상을 물리고 설거지를 끝내고 이번엔 티셔츠를 개고 있는 엄마에게 물었다. "엄마, 금강산 가면 뭐 하고 싶으세요?" 아들의 티셔츠를 두 번씩 착착 접으며 엄마가 노래한다. "금강산 찾아가자 일만이천봉."

아침 일찍 엊저녁 남은 비지찌개를 알뜰히 데워먹고 종로1가에서 버스를 탔다. 화진포에 도착한 건 정오 무렵. '금강산 관광객'이라고 쓰인 명찰을 받아 걸고 버스는 DMZ를 지났다.

차창 밖으로 마을이 보였다. 현대아산 직원인 안내원은 둑 너머로 보이는 건 정미소고, 저 비닐하우스 단지는 남측이 만들어줬고, 오른쪽으로 보이는 중학교는 삼일포중학교라는 것 등을 알려준다. 강변으로 자전거를 탄 사람들이 오가고, 징검다리를 건너는 아이들이 보이자 나는 거의 흥분하기 시작했다. "엄마, 여기 사람들 자전거 많이 타네." 엄마는 창에서 고개를 돌리지 않고 말했다. "꼭 엄마 처녀 때 같다. 집들 생긴 것도 그렇고, 물 깨끗한 거 좀 봐." "옛날엔 산에 나무 없었다고 했잖아. 그래서 엄마 땔감 구하러 몇십 리를 나무하러 다니다 오밤중에 몰래 공주 공산성까지 갔다면서. 여기처럼 저렇게 없는 거였어?" "아니, 여기는 산에 조선솔밖에 없네. 그땐 나무는 없어도 봄 되면 참나무 싹이랑 이런 거 때문에 저렇게 휜하게 민둥민둥한 산은 아니었어." "저게 조선솔인지 뭔지 여기서 봐도 알아요?" "그럼 알지, 몰라? 조선 소나무는 저렇게 이파리가 짤막짤막하고 솔방울이 다갈다갈 많이 열려. 나뭇가쟁이 생긴 것도 마디가 짧고 그렇지." 그리고 저 멀리 금강산이 나타났다.

'금강산 관광객들을 동포애적 심정으로 환영한다.' 새빨간 바탕에 흰색 글씨로 쓰인 간판이 압도적으로 시선을 당긴다. 만약 서울이었으면 '어서 오세요, 환영합니다, 웰컴 투 서울, 방긋방긋, 사랑해요' 어쩌구 아니었을까? 달랐다. '환영한다' 다음에 마침표까지 콱 찍어놓았으니.

잠은 해금강호텔에서 잤다. 고성 장전항에 남측이 운영하는 선상호텔이었는데 아침 뷔페에 누룽지가 나왔다. 엄마는 그걸 두 공기쯤 후룩후룩 드셨다.

금강산 여행은 오전에 선택 관광 코스를 진행하고 오후엔 자유시간이 되는데, 엄마와 나는 만물상 코스를 택했다. 길이 험하다는 걱정에, 천선대 정상엔 눈이 이제 막 녹기 시작해서 위험하다는 얘기까지 들었지만 일찌감치 엄마와 나는 '거기 가서 사진을 찍어야 책에 쓸 만한 걸 건진다'며 결의를 다진 터였다.

만상정 주차장까지 가는 온정령 일백여섯 구비는 버스 한 대가 겨우 다닐 수 있는 콘크리트 포장길인데, 중국에서 온 버스기사들이 거의 동물적인 감각으로 운전을 한다. "여긴 산동백이 많네." 창밖으로 노랗게 핀 꽃나무가 즐비했다. "산수유 아니에요?" "보면 몰라? 산수유랑 다르잖아. 산동백이야. 저거랑 피마자랑 반반 섞어서 동백기름 만들어서 머리 빗을 때 썼어."

4월 1일 맑은 아침, 엄마와 나는 금강산에 오르기 시작했다. 삼선암, 귀면암, 절부암, 망양대, 천선대…… 엄마는 봄마다 이 산 저산 고사리 꺾으러 다니던 실력을 유감없이 발휘하며 두세 걸음을 앞서 나가셨다.

천선대로 오르는 마지막은 바위에 설치한 철제 계단이었다. 말이 계단이지, 거의 수직에 가까운 경사라서 자칫 오르다 말고 뒤돌아 아래를 봤다간 지구가 주저앉는 현기증이 휘감을 판이었다. 걸리는 건 아무것도 없이 그야말로 금강산 일만이천봉이 오롯이 다 보일듯했지만, 현기증은 그 풍경을 다만 어떤 공포로 몰아넣고 있었다. 앞서 계단을 오르던 엄마의 나지막한 목소리가 들렸다. "은총이 가득하신 마리아님 기뻐하소서……"

마침내 정상에 다다랐을 땐, 엄마의 얼굴이 하얗게 질려 있었다. 천선대는 정상이라고 해봐야 안정감 있게 서 있을 공간도 없이 좁았다. 난간을 붙들고 간신히 보온병을 열어 보리차를 한 모금 마신 뒤, 기념사진 찍을 생각도 못하고 바로 하산길을 택했다.

이제 '거사'를 치를 차례. 아무도 없는 귀면암에 올라 배낭에서 꺼낸 것은 한복이었다. 1989년 둘째누나 결혼식 때 해입으셨던 분홍색 저고리에 보라색 치마. 엄마는 등산복 위에 치마를 두르고,

저고리를 걸치고 옷고름을 맸다. 도둑질을 하는 것도 아닌데 마음이 다급했다. "엄마, 아무도 안 와. 걱정 마." "잘난 아들 둬서 별놈의 쌩쇼를 다 하네. 하하하. 누가 보면 얼마나 웃길까? 하하하." 그렇게 '김경임 금강산 한복 화보' 촬영 현장은 금강산에게만 공개되었을 뿐 철저한 보안이 유지되었다.

셔틀버스를 타고 다시 온정각으로 내려오니 옥류관 식사시간이었다. 옥류관은 한산했다. 현대아산 안내원들은 "옥류관 냉면이 왜 유명한지 모르겠어요. 밍밍하고 맛도 없어요" "해금강 삼일포 막상 가면 볼 것 없어요"라고 말하는 그런 지경이었다. 사실 금강산 여행 최대의 스트레스는 바로 안내원들의 말이었다. 그들은 너무너무 친절했다. 어디에 뭐가 있는지, 어디서 셔틀버스를 타야 하는지 친절하게 알려주었다. 그러나 어떤 부분은 빵점도 아까웠다. 볼 것도 없다는 해금강과 삼일포는 확실히 금강산에 비해 경치로는 비할 수 없을지 모르지만, 해금강과 삼일포로 가는 길은 북한의 마을을 지나간다. 소학교가 있고, 쉬는 시간 건물 밖으로 나온 아이들이 보인다. 여전히 쟁기로 논을 가는 농부가 있고, 강둑에 누워서 쉬는 사람들이 있다. 그 생생한 풍경이 손에 잡힐 듯 지나가는데, 안내원들은 마이크를 들고 이런 얘기나 한다. "북측 사람들이 남측 사람들 영상통화하는 거 알면 얼마나 신기해할까요?" 맙소사. 옥류관 평양냉면이 맛없다고 단정한 안내원은 평양냉면 맛이 어떤 건지 아예 모르는듯했다. 금강산 옥류관 냉면이 서울 을지면옥에 비해 고춧가루가 더 들어가 색은 뻘겋지만 맵기보다는 오히려 개운한 맛이 난다는 사실 같은 건 아무런 얘깃거리가 안 되는 걸까? 거기까지 가서 조미료 팍팍 친 식당 밥이나 먹고 오도록 하는 안내라니.

오후엔 온천을 하고 저녁엔 금강원에서 정식(섭죽 - 가자미구
이 - 꿩만두 - 흑돼지구이 - 감자냉면 코스)을 먹었다. 금강원에서
의 식사를 예약한 사람은 그날 금강산을 찾은 이들 중에 엄마와 나
둘뿐이었다. "이것은 섭죽입네다. 남측에서는 이걸 홍합이라고
부른다고 들었습네다." 음식을 가져온 여자가 말했다. 모든 음식
은 간이 옅었다. 엄마와 나는 싹싹 비웠다. "이렇게 다 먹으면 저
것들 남쪽에서 못 먹어서 저런다고 하지 않으려나?" 호텔로 돌아
가는 길에 본 대형 아치에는 이렇게 쓰여 있었다. '우리 식대로 살
아나가자!'

　호텔 테라스에 나가 장진항 바다를 내려다봤다. 저 너머로는 금
강산 봉우리들이 가로로 길게 펼쳐졌다. 저녁이 바다로부터 먼
저 왔다. 엄마는 침대에 눈을 뜨고 누워 계셨다. "엄마, 아빠 생각
나?" "……" "여기 보니까 아빠 고향도 여전히 옛날 모습 그대로
있을 것 같은데." "황해도 은율군 일도면 누리 논둑머리랬어. 동생
이름은 생인이고. 아빠도 다 봤겠지 뭐. 엄마 본 거." "내일 해금
강 가면 뭐 하고 싶어?" "너 사진 찍는 거 모델 잘해야지. 아들 잘
둬서 충청남도 청양군 운곡면 광암리 출신 김경임이가 금강산도 다
오고 호강요강하잖아 지금." 엄마는 고단하다며 잠자리에 드셨고,
나는 가무단 공연을 보러 금강산호텔로 가려고 양복을 꺼냈다.

2011, Buyeo

國內

2010, Jindo

2012, Daejeon

2011, Seoul

2008, Geumgangsan

2011, Jeju

2007, Sancheong

봄밤

돌아오는 길에   봄은 하루뿐이야,   라는 말을 들었다.

48

겨울, 이소라

2012년 4월 6일, 서울엔 눈이 내렸다. 목련이 피려다 말고 그 눈을 맞았다.

그리고 2005년 12월 7일, 서울은 흐렸다. 우리는 홍대 앞 카페에서 만났다.

**겨울이네요. 이소라 새 노래를 들을 수
있는 걸 보니.**
생각이 제일 많을 때예요. 여름엔 음식물이
썩는 것처럼 생각이 진전되지 않구요. 가을이나
겨울에는 기온이 떨어지면서 밤하늘이 아주
깨끗하고 몸이 추우니까 마음도 춥고 그러면서
추웠던 기억도 떠오르고, 연쇄적이에요.
저절로 그렇게 되는 것 같은데요? 그래서
12월에 태어났나? 뭐가 먼저지?

**이소라가 앨범을 내는 걸 보니, 또 누구랑
헤어졌나보다, 그러기도 하죠.**
맞는 말이에요. 사랑하는 사람이랑 헤어지고
막 앨범을 냈었죠. 그러니 노래를 할 때도
더 진하게 슬펐겠지. 그런데 5집 때부터는 이제
그런 사랑이 찾아오는 것이 두렵기도 하고 미리
걱정이 되는 거예요, 누군가를 만나면 어떡해,
헤어지면 어떡해, 아프기 싫거든. 한 발짝
떨어지게 되니까 앨범에 투영이 되는 것 같아요.
6집은 조금 다르지 않던가요?

**약간 떨어진 곳에서 부르는 것 같았습니다.
하지만 그걸 '이소라가 희망을 노래한다'는
식으로 보진 않아요. 당신은 언제나 지금,
여기만 중요한 사람 같거든요.**

그 말이 맞아요. 멀리서 제삼자 입장인 것처럼
폭 빠져들지 않은 이유는 내가 지금 그만큼
떨어져 있으니까. 내가 지금 사랑에 빠져 있고
방금 전에 이별한 사람이 아니니까. 현재만
중요한 사람이라는 말, 참 맞는 거 같네요. 사실
둘이 있으면, 사랑을 하면, 행복하기 위해서
하는 건데 더 외로워요. 그 사람을 좋아하게
돼서 전화가 오길 기다리고 데이트 시간을
기다리고 하루종일 그 사람 생각을 하면서
못 견디게 외로운 것 같아요. 요즘 내게
사랑이라는 의미는 결국엔 이별이고, 노래를
할 수 있게 해주는 힘, 그거네요.

세상에 사랑이 한 번뿐이라도 그랬을까요?
결국은 다 이별하지 않나? 사람이 아니라
사랑과. 예전에 1집 땐 사랑은 변하지 않는다고
썼는데 조금씩조금씩 내가 변하는 것처럼
사랑에 대한 정의도 변하고, 요즘은 내가

49

—
봄

틀리다는 지적을 받을 준비가 되어 있어요.
결혼은 좋지 않아요. 뭘 묶어놓고 확실하게
다지게 되면서 그것과 빨리 헤어지게 만드는
일인 것 같아요.

**이소라에겐 상반된 이미지들이 있죠. 코를
찡그리면서 고꾸라질 정도로 슬픈 노래를
부르지만 창자가 울릴 듯 웃기도 하죠. 사람은
누구나 그렇겠지만요.**
소라가 노래할 땐 노래 속에 있어요. 그 노래를
부를 때, 그 글을 쓸 때의 느낌 위에 서 있는
거예요. 라디오 DJ를 하면서 하하호호 웃는
소라를 들으면 음악은 상상도 안 되겠지만.
한결같길 원하지만 변화하길 원하고 특별하길
원하지만 평범하길 원하는 게 소라이기 때문에
정반대의 이미지를 둘 다 가지고 싶어요.
서로를 좋아하고 닮아 있고 이해하는
사람들끼리 모여서 이야기를 나누고 만나면서
세상을 살아가는 거죠. 싫어하는 사람들도 나를
욕하고 무시하면서 나름대로 즐겁겠죠. 둘 다
필요해요.

**당신은 노래 속에서 언제나 남겨지고 버려진
사람이잖아요.**
아휴, 맨날 내가 먼저 이별을 당하긴 했어요.

내가 그 사람에게 안 좋은 점이 있겠죠. 죄지은
거겠지. 나는 늘상 화를 많이 냈던 것 같고
이렇게 해 저렇게 해, 고치려 했던 것 같아요.
지금은 담배를 안 피우는 사람이 남자친구가
되었으면 좋겠어요. 그의 습관을 바꾸고 싶지
않아요. 담배를 피우는 사람이라면 고민스러울
것 같아. 그 생각은 안 할래요. 생기지도 않은
일을 걱정하다니.

**'남자친구는 담배를 안 피우는 사람이어야
해요'가 아니네요.**
실천이 너무 약하죠.

**사랑이 곧 이별이라고 생각하면, 자칫 지겹지
않을까요?**
아니요, 사실 오늘 죽잖아요. 내일 죽는 게
아니잖아요. 결국 내 임종의 순간은 오늘이란
말이에요. 제가 서른일곱이지만, 지금을
살고 있지만, 결국엔 나 죽는 날도 분명히
오늘일 거야, 지금 이 순간. 그럼 너무 빠른
거야. 사랑이고 이별이고 그런 거. 한낱 이별
나부랭이.

**반복하다보면 자신이 고갈된다는 생각이 들진
않나요?**

예전에 내가 좋아하는 모든 것이 담겨 있던
두꺼운 빨간색 다이어리를 누가 몰래
가져갔어요. 이후로는 뭐든 남겨놓지
않아요. 이메일, 문자메시지 보고 나면 그냥
지워버려요. 남겨놓는 것에 인색해졌어요.
그러다 앨범을 내야 되겠다고 생각하고
멜로디를 받으면 경험했던 것들이 한꺼번에
또는 차례차례 생각나는 거죠. 고갈되진 않을
거예요. 그때가 되면 다른 걸 하겠죠.

**〈그대 안의 블루〉를 부른 지 10년이 넘었는데,
여전히 당신은 긴 드레스를 입고 있지요.
돌이켜보면 당신에게 이소라는 어떤
가수였나요?**
참 내 마음에 드는 가수. 피부관리 잘하고
운동해서 몸 아프지 않으면, 사실 나이 드는 게
더 좋아요.

10년 후니, 20년 후니, 그런 말은.
아휴, 오늘 나도 잘 모르겠어. 나 지금 어떻게
할지를 잘 모르겠어. 아까 말씀하신 대로
'현재', 소라는 항상 그렇게 현재를 살아요.

**이소라의 가사만큼 혹독하고 매섭고 진하고
슬픈 그런 가사도 없죠. 술집에서 늦게 늦게**

**굳이 당신의 노래를 신청해 들으며 '이소라
이 미친년' 그러기도 하죠.**
하하. 음, 저는 먼저 멜로디를 듣고 가사를
쓰거든요. 그래서 훌륭한 작곡가가 제겐 더
필요하구요. 앨범을 낼 때마다 시집을 낸다는
생각을 하죠. 노랫말을 쓰는 건 소라만의 작업이
아니라 그 시간 장소 그것이 합쳐져서 하나의
운이 탄생되는 것 같아요. 지금 내 옆에 있는
사람들이 없으면, 그냥 밥 먹고 자고 그럴
수는 있겠지만 다른 생산적인 일은 못 했을 것
같아요.

**이번에도 조규찬, 김현철, 고찬용의 이름이
'Thanks to'에 쓰여 있군요.**
찬용이는 내가 노래를 할 수 있게 만들어준
사람. 현철이는 내 목소리를 알려준 사람.
규찬이는 내가 노래를 어떻게 해야 되는지
가르쳐주는 노래 선생님이에요.

**〈난 행복해〉를 부르던 때부터 창법은 점점
간결해지는 것 같아요.**
나이가 들어서 기력이 약하니까. 사실 그래요.
나이가 들면 노련함이라든지 어떤 분위기는
성숙하게 되는데 힘이 필요한 거는 젊었을 때
다 해요. 글쎄, 예전의 걸 할 수는 있겠지만

담백하고 읊조리듯 부르는 게 좋아져서 예전의
기교라든지 그런 것도 저를 많이 떠났을
거예요. 힘의 문제도 있겠지만 그냥 소라라는
사람이 달라져서 그런 거 같아요. 그러고
보니 많이 담백해졌네요 제가. 끈적끈적한 게
싫어졌으니까.

**아쉬운 것도 있겠죠? 이번 앨범에 목소리가
약간 숨어 있는 걸 아쉬워하기도 했습니다.**
의도한 거예요. 신대철씨의 곡이 원래 이번
앨범에서 하려던 것과 가까운데 지난가을을
너무 타서 소라가 그게 잘 안 됐어요. 노래에
제가 숨어 있다는 것, 그게 이번엔 좋았어요.

**세상의 하고많은 사랑 노래 중에 하필 이소라의
사랑 노래를 듣는다는 건 어떤 걸까요?**
내가 너무 상처를 많이 받아온 사람이라서
사람들 기분이 어떤지 알기 때문에 위로를
해주고 싶어요. 그걸 하면서 스스로도 위로를
받아요. 살아가면서 그런 것들이 있어요.
잠시 슬픈 것들을 잊고 또 살아가죠.

인터뷰가 좀 감상적으로 흐른 걸까요?
먹는 얘기 할까요?

p.s.
〈눈썹달〉을 막 내놓았을
즈음이었다. 홍대 앞 오뙤르는
그녀가 정한 장소. 이소라는
그때 머리가 길었다.
녹음테이프는 간수하지
못했고, 허수경이라는 이름과
차이밍량의 〈거기 지금 몇
시예요?〉라는 영화 제목을
메모하던 모습은 남았다.
몇 년 전부터는 봄마다
콘서트를 여는데, 어쩐지
늘 혼자서 가고자 했다.
'다섯번째 봄' 토요일
공연에서 그녀는 "특별한
사람이 되게 해달라고
기도해요"라고 말했다.
사춘기 소녀가 하는 말이
아니라 이소라가 하는
말이었다. 공연이 끝나고
한강을 건너며, "행복했으면"
그런 말을 창밖으로 소리냈다.

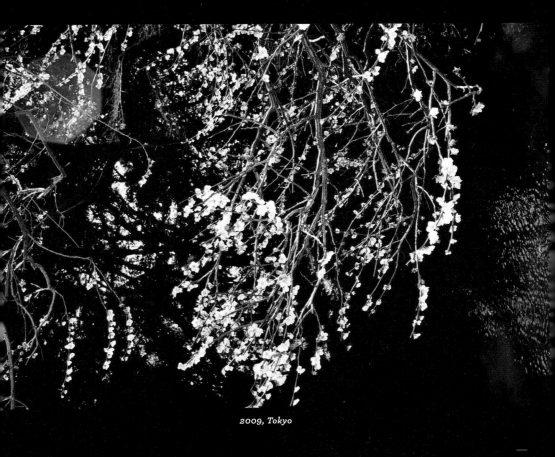

2009, Tokyo

봄

Evening Wear 2010, Ihwa-dong

사랑을 잃고 나는 찌네

밤이면 먹었다. 그러고 나면 나은 듯했다. "뭐 해?" "뭐 안 해. 그냥 있어." "웃기네. 너 지금 국 끓이지?" 아니라고 부정하며 가스 불을 줄인다. 실은 두부를 부치고 있었다고 정정하지도 않는다. 모를 일도 아는 사이. 친구의 추측은 이미 추측의 한계를 돌파했다. "먹지 마, 그게 남는 거야." 통화는 짧고 충고도 짧다. "알았어, 자." 사기그릇에 밥을 푸며 전화를 끊었다. 밥을 푸고 나서 할 일은 부친 두부를 얹어 밥을 먹는 것. 먹고 나면, 창문 넘어 어렴풋이 후회가 피어났다. 그리고 이건 이소라 노래. "눈을 뜨면 먹고 마셨지, 외로웠기에. 후회가 되면 기도를 했지, 두려웠기에." 그러니 다음 순서는 아마도 기도.

"헤어졌어." 사시사철 절대적인 변명. '내가 뭘 해도 너는 나를 이해해줘야 한다'는 억지. 밤이면 밤마다 먹으려는 내게 친구들은 돌아가며 혀를 찼다. "또 먹어? 그게 가능해? 존경한다, 존경해." 때론 노래했다. "처먹는다고 옛사랑이 오리오마는~." 맞는 얘기에 귀 기울이고 옳은 소리대로 따르는 일이 하필, 내키지 않았다. 오히려 그런 말에 엇나가는 것만이 활기를 주는 것 같았다. "너희가 뭘 알겠니. 자고로 마른 것들이 하는 말은 반쪼가리도 쓸모가 없어. 먹어도 소용없는 것들, 겨우 뼈나 가리고 사는 것들."

누군들 모를까마는 욕망은 다른 욕망으로 대체될 수 있다. 조금은, 아주 조금쯤이라면 말이다. 성욕이든 소유욕이든 연인이 없는 자리를 채운 건 식욕이었다. "예전처럼 웃질 않고 좀 야위었"다는 토이의 그 유명한 노래는 육식동물에겐 해당사항이 없다고 결론냈다. "차라리 사람 많은 바에 가서 술을 마셔라. 그러다 사람도 만나고. 오밤중에 오뎅 볶아 밥 먹는 것보단 훨씬 낫지 않겠니?" 실용적인 충고 고맙군, 친구. 하지만 이게 편한걸. 바에 가려면 머리에 젤이라도 발라야 하는데, 내가 스물아홉쯤 되나? 아니지, 그런 건 지겹다구. 그러니 노 땡큐 베리 머치 인 더 월드.

새벽 2시, 트위터에 이런 걸 쓰기도 한다. "달래를 썰어넣고 간장을 만들었다. 김을 휘이 구워 밥에 싸먹었다. 백 개라도 먹겠네." 그런 걸 쓰는 이유는 스스로 비웃고 싶어서다. 써놓고는 자신을 한껏 한심해하고 싶은. 하지만 누군가에겐 그저 낭만적인 일인지, "이 시간에 요리를 하셨군요. 참 섬세한 분이신 것 같아요." 답하는 대신 김을 더 구웠다. 그리고 밥을 쌌다.

살이 쪘다. 오늘도 살이 찐다. 먹으니까. 먹고 나면 자니까. 마른 것들은 이쑤시개 같은 충고를 계속 찔러댔다. "아예 대놓고 뚱땡이가 되는 것도 괜찮겠다. 그런 몸만 좋아하는 애들도 있대." 모르는 소리. 누굴 위해 먹니? 어떻게 보이려고 먹니? 시간과 음식과 욕망의 삼위일체. 그걸 행하고 있는 중일 뿐이라 누누이 설교한다. 오, 그러니 마른 것들이여, 장흥 육포나 기장 미역, 충주 복숭아나 부안 양파 같은 걸 건넬 것도 아니라면, 닥치고 있으라. 웬만하면 먹을 때 전화하지도 말고.

신사동 유니페어에 구두 구경을 갔다가 서울의 멋쟁이 한태민씨를 만났다. 그가 서글서글한 눈으로 물었다. "요즘도 요리 자주 하시죠? 트위터에 요리 얘기 쓰신 걸 봤어요. 저도 어젯밤에 갈비찜을 했어요. 새벽에 영화 보다가 갑자기 한 솥 했더니, 아침에 잠결

얼핏 보니까 아내가 그걸 먹고 있더라고요. 저는 기분좋게 계속
죠." 그가 신고 있는 알든 코도반의 매끈함보다, 그가 했다는 갈
찜이 참 부러웠다. 남자가 하는 요리란 과연 그런 것이어야 하지
나 싶어 한동안 시간에 매듭이 생겨버렸다.

집으로 오는 길에 친구에게 전화를 걸었다. "손에는 손크림 발
는 발크림, 있을 건 있고 애인은 없지." 친구가 대답했다. "바
던 건 마저 발라. 먹지만 마." 공교롭게도 그날 밤 헤어진 연인
전화를 걸어왔다. 목소리엔 의도가 없었다. "뭐 해?" "그냥 있
." 편하지도 불편하지도 않은 말없음. "무슨 생각해?" "그냥
먹을까 싶어서." "배고픈데, 가도 돼?" 먹는다고 옛사랑이 오
오마는. "그래, 와. 밥 있어. 밥 많아." 전화를 끊고 쌀을 씻었
. 힘차게.

긴자는 세월을 믿지 않는다

비가 온다. 도로가 젖고 이어서 구두가 젖는다. 와코 앞 사거리를 좌회전하는 택시는 검정색, 미등은 번질 듯 빨갛다. 지쿠요테이에서 장어덮밥을 먹고 나오는 길, 노렌 ⇒ (가게 입구에 상호 등을 써서 걸어놓는 무명천) 을 젖히면서 이쑤시개를 사러 사루야에 갈까 생각했다. 목요일 오후 내내 긴자에 비가 왔다. 봄비였다.

저녁이 가깝자 프라다와 랑방 매장의 검은색 외관이 더욱 검게 보인다. 검정색 슈트 차림의 도어맨이 유리문 안에서 유리문 밖을 쳐다보고 있다. 비도 그을 겸 마쓰자카야 지하로 내려가 딸기를 사가지고 나왔다. 그랬더니 긴자는 밤이 되어 있었다. 저만치 일본 최초의 비어홀 라이온 간판에 노란색 불이 들어왔다. 백 년 전에도 그랬을 것이다.

팩에서 딸기를 하나 꺼내 먹으며 파란불을 기다리다 길을 건넜다. 카스텔라집 분메이도는 앉을 자리가 없어 보인다. 이런 날 네모진 카스텔라를 포크로 갈라 한 입 넣는 유순한 만족이라니, 적절하달 수밖에 없는 일이다. 차가 다닐 수 없는 길 스즈란도리를 지나쳐 사케를 파는 후쿠미쓰야에 갔다. 도쿄 도착 기념으로 사케 한 병 사기. 무슨 수를 써서든 다 마시기. 빈 병은 아깝지만 잘 두고 오기. 아마 후쿠미쓰야에선 아이도 술을 사고 싶을 것이다. 캐시미어나 백금을 고를 때처럼 사케를 고르는 안락. 두 가지 다른 종류의 쌀을 섞어 만드는 '구로오비' 중에 '유유'를 한 병 샀다. 술

말을, 마시고는 걸어도 들고는 못 걷는다더니 꽤나 무거웠다. 쿠미쓰야 옆은 피에르 마르콜리니다. 여자들 줄이 길다. 호텔로 돌아와 사케를 포트에 데웠다.

금요일 맑음. 아침에 하마리큐 정원에 들어가 매화가 핀 걸 보고, 11시에 긴자의 남쪽 끝 만넨도에 갔다. 역사를 따지면 1617년까지 거슬러올라가는 가게, 특집의 명가 『BRUTUS』가 일본 최고의 화과자 중 하나로 뽑은 요시노쓰유를 맛보기 위해서였다. 일본 어딜 가든 조막만하게 만든 화과자로 진열장을 채운 가게들이 있다. 대개는 너무 달지 않을까 의심스러운 모양새라 '먹고 싶다'보다는 그저 '예쁘다' 하고 마는 것들. 만넨도는 생각보다 더 작았다. 먼지가 하나 있으면 그 하나가 보일 만큼 닦인 유리진열장 속은 옹송옹송 또한 한 세계였다. 요시노쓰유는 여름에 콩가루를 뿌려 차게 먹는 와라비모찌 스타일의 화과자로 팸플릿에는 "밤이슬을 먹는 듯한 식감을 원했다"고 쓰여 있는데, 아이스크림 같은 시원함 속에 흑당과 찹쌀과 콩가루가 어우러지는 맛은 눈을 감게 만들었다. 여섯 개들이 한 상자를 사면 나무포크를 여섯 개 주는데, 그 포크가 참 야무지게도 생겼다. 그리고 겉포장에 붓글씨로 쓰인 이름은 에도 시대부터 변함없는 서체라고 한다. 무엇 하나 버릴 수 있을까? 입속이 달큰해져서는 모리마에로 향했다. 입구에 다다르자 한숨이 나왔다. 탄식과 탄성 그 모두.

모리마에는 분재와 수석의 명문가로 5백 년 동안 18대째 분재를 다루는 집안의 세이지 모리마에가 운영하는 가게다. 사이타마에 정원이 있고 긴자엔 작은 상점을 냈다. 폭발하듯 피어난 벚나무, 이제 곧 후드득 꽃송이를 떨구려는 동백, 3백 년은 족히 넘었을 찬란한 진백, 버들강아지에서 연두색 이파리로 변신하는 버들……

급기야 디자인된 자연이라는 뉘앙스. 이 극단적인 미학이야말로 진정 무릎을 꿇게 만드는 힘을 지녔다. 허기가 밀려왔다.

긴자의 중심 도로인 긴자도리엔 큰 가로수가 없다. 사람 키만한 침엽수와 신발 높이의 꽃들이 있는 작은 화단이 이어질 뿐이다. 거기엔 길 건너 상점의 간판을 가리지 않도록 한다는 일본답고 긴자다운 이유가 있다. 닛산 갤러리 앞에서 건너편 규쿄도의 비둘기 간판이 뚜렷이 보이는 까닭이다.

횡단보도를 건너는데 벨소리가 났다. 와코의 시계탑이 오후 3시를 알리는 소리, 미지근한 목욕물 같은. 규쿄도에 들어갔다. 일본 전통의 편지지나 카드 그리고 서예와 관련된 용품을 파는 문구점인 규쿄도는 비슷한 콘셉트의 이토야가 '토털 문구'로 몸집을 키우며 현대적인 디자인을 더하는 사이, 소박하리만치 저 하던 것만 한다. 그곳은 소기의 목적이 없어도 그냥 '들어가지는' 곳이다. 1층이 관광객들을 위한 어떤 상술(혹은 배려)이라면 2층엔 오래된 고객들을 위한 정중함이 있다. 머리를 올린 중년 부인이 직원과 마주 앉아 얘기를 나눈다. 눈썹이 짙고 긴 할아버지 직원이다. 팔에 토시를 낀 그는 붓을 들고 부인이 일러주는 대로 봉투에 글씨를 쓴다. 누군가의 결혼식일까? 하얀 봉투에 검고 부드러운 선이 생긴다. 부인은 봉투를 받아 핸드백에 넣고 좁은 걸음으로 계단을 내려간다.

부인이 앉았던 자리는 연신 다른 사람들로 채워진다. 그 차림을 눈여겨볼 수밖에 없는 건 모두가 예를 갖췄기 때문이다. 백팩을 멘 '나이키보이'와 엄격한 트렌치에 중절모를 쓴 할아버지와 초록색 기모노를 입은 부인은 전혀 다른 차림이지만 그 의자에 앉아 이야기를 나누는 모습은 같다. 그건 누군가를 따라 한다고 할 수 있

것이 아니었다. 나쓰노에서 두부용 젓가락을 사서 호텔로 돌아
왔다.

침대 위에 가방을 쏟았다. 동전과 영수증과 팸플릿 들이 널브러
졌다. 그중에 『긴자햐쿠텐』이라는 작은 책자가 있다. 1955년부터
발행된 잡지 『긴자햐쿠텐』은 지금의 긴자 상권이 이루어지던 시기
에 가게들끼리 만든 조합인 '긴자햐쿠텐카이'에서 정기적으로 낸
다. 이 모임에 가입된 가게만 현재 긴자에 백오십여 곳이니, 가입
되지 않은 곳까지 더하면 긴자에서 백 년 된 가게 찾기는 한강에
서 물 찾기보다 쉬운 게 아닐까? 그런가 하면 '도토노렌카이'라는
것도 있다. 에도 시대에 개업해서 백 년 이상 3대 이상 계속해오고
있는 가게들의 조합이다. 목요일 장어덮밥을 먹었던 지쿠요테이
역시 도토노렌카이에 소속된 가게였다. 사케를 또 데웠다.

토요일은 기상이 늦었다. 비가 온다. 긴자를 지나 니혼바시 쪽
으로 갔다. 도토노렌카이 소속의 가게 여럿이 그쪽에 밀집해 있기
때문이었다. 우선 시로키야덴베이에 들렀다. 에도 시대 전통방식
으로 만든 빗자루를 파는 가게. 호키쿠모로시라는 풀과 종려나무
를 가공해 빗자루를 만든다. 그 매듭 한 결 한 결을 만지면서, 남아
있는 것들이 여전히 새로울 수 있는 비밀을 생각했다. 부엌 아궁이
앞에 놓여 있던 수수비, 달력 옆에 걸려 있던 갈꽃비, 대문과 외양
간 사이에 놓여 있던 싸리비, 우리에겐 남아 있지 않다는 대조. 종
려나무 빗자루를 들고 직원에게 용도를 물었다. 그가 말했다. "용
도는 정해진 게 없어요. 큰 빗자루도 처음엔 부드럽게 방에서 쓰다
가, 닳으면 마당에서 쓰고, 더 거칠게 변하면 화장실에서도 쓰는
게 빗자루 아닌가 합니다."

종려나무 빗자루를 사서 니혼바시 역 쪽으로 갔다. 거기에 하이

바라가 있다. 하이바라는 1806년부터 포장지를 만들어온 가게다. 작은 선물이라도 꼭 포장을 하고 리본을 묶는 일본의 전통 속에서 화려한 색깔과 무늬가 들어간 포장지는 하나의 장르다. 벚꽃이 흐드러진 빨간색, 국화가 수북한 노란색, 나뭇가지에 새가 앉은 검정색 종이를 하나씩 골랐다. 2백 년 된 사탕가게 에이타로에서 말차맛 사탕을 사서 나오니 빗방울이 굵어지고 있었다. 160년 된 도시락가게 벤마쓰와 4백 년 된 부채가게 이바센과 3백 년 된 가쓰오부시 가게 닌벤은 문을 닫았다. 다시 긴자로 갔다. 곤파루유에 도착할 즈음 비가 갰다.

우산을 털고 신발을 벗고 들어간 곤파루유는 150년 된 공중목욕탕이다. 성인은 450엔, 초등학생은 180엔을 받는다. 아버지를 따라(혹은 어머니를 따라) 처음 갔던 공중목욕탕을 떠올리게 하는 작은 목욕탕이, 내로라하는 브랜드들이 즐비한 긴자의 바로 뒷골목에 있다. 재미있는 건 남탕과 여탕을 가르는 벽이 천장까지 닿지 않아서 만약 껑충 점프를 한다면 '보이는' 구조라는 점이다. 더 재미있는 건 그 벽 끝에 한 사람이 앉을 정도의 자리가 있는데, 안경 쓴 할머니가 앉아서 고개를 좌우로 돌리며 남탕과 여탕을 모두 관리한다는 사실이다. 아들뻘 손주뻘 녀석들이야 그렇다 친다지만 주 고객층일 중년과 노년층 남자들의 벗은 몸을 무표정하게 바라보는 할머니의 시선은, 쉬운 말로 정리가 되지 않았다. 그냥 무표정했다고 말할 수 있으려나? 뜨거운 탕 속에 몸을 담그자 으으 하는 소리가 새나왔다.

게코소에 들렀다. 1917년에 개업한 이 청초한 미술용품 가게는 자체적으로 개발한 색깔의 물감을 대표로 붓과 팔레트와 스케치북 등을 만든다. 그림을 그린 뒤 뜯어내면 엽서가 되는 노트를 두 권서는 도리긴으로 가 솥밥을 먹었다.

일요일은 몹시 흐렸다. 하늘이 낮게 내려왔고 검은 새들이 더 낮게 날았다. 그리고 파고드는 바람이 불었다. 내일이면 꽃이 피겠지만 오늘만큼은 봄이 아니라는, 귀여운 계절의 인사. 어둑한 기운 속에 기무라야 앞의 벚꽃 장식이 유난히 도드라져 보인다. 4월의 일 팥빵의 날을 앞둔 탓에 가게 앞은 북새통이다. 경주 황남빵과 툴 중 하나를 고르라면 망설이게 되는 맛, 밤이나 호박, 치즈나 완두콩으로 소를 넣은 다양한 종류가 두루 맛있지만 역시 팥빵이 기본이 된다. 긴자도리는 '보행자 천국' 중이었다. 토요일 오후와 일요일 낮 동안 긴자도리엔 차가 들어오지 못한다. 이 역시 40년 넘은 전통. 공항 가는 모노레일을 탔다. 센비키야에서 산 송이째 말린 건포도를 씹었다. 이걸 하나 더 살 걸 그랬나, 싶어 잠시 씹기를 멈췄다.

Ginza   Things

그러나 우리는 매화를 보지 못하고

음력 1월 25일 아침에 서울은 눈이 온다고 했다. "매화 찾아나선 길에 설雪이 마침 래來하니 예사롭지 않구료." 종로구 소격동에 사는 벗이 모토로라 '베컴폰' 저쪽에서 이조판서풍으로 말했다. 언제나 그렇듯 거기와 여기는 같은 듯 달라서 전라남도 순천엔 눈이 오지 않았다.

이태 전 동짓달엔 한남동 리움에서 오원 장승업이 그린 〈매화도〉를 봤다. 글쎄, '봤다'는 만족스런 서술이 아니다. '느꼈다'는 의미로는 옳으나 얕아서 퇴짜. 그때를 기록하는 제법 합당한 말은 '오원 장승업의 〈매화도〉 앞에 섰다'이다. 서 있었다. 다가가지 못했다. 연신 서로의 몸을 비집고 들어가는 장어들이 그럴까? '장승업은 미쳤구나.' 그날의 감상이란 그것밖에 없었다.

음력 1월 23일 밤, 천안 사는 포토그래퍼 모레에게 전화를 걸어 함께 매화를 보러 가지 않겠느냐 청했더니, 룸살롱 이름이냐고 천박한 어깃장을 놓았다. 그래서 읊었다. 세한삼우歲寒三友가 어쩌고 저쩌고, 조선의 선비가 매화를 탐하고 어쩌고저쩌고, 그걸 보러 가자고, 새로 산 핵사 카메라 들고 휘이휘이 나서자고. 다음날 모레를 만나 홍상수의 〈밤과 낮〉을 봤다. 국밥 한 그릇 먹으려다 숭늉까지 얻어 마신 모양으로 두둑해진 우리는 몸종(처럼 부릴 후배) 혁진을 더 태우고 천안 논산 간 고속도로와 호남고속도로를 짓밟듯 내달려 새벽 3시에 순천에 당도했다. 몸종에게 '순천 맛집'을 검색하라 이르고 이내 코를 곯았다.

맑은 아침, 샤워를 하고 슈트를 꺼냈다. 넥타이와 포켓스퀘어를 하는 동안 모레와 혁진은 '할 말은 많으나 이만 줄인다'는 표정으로 팔짱을 끼고 있었다. 회색 플란넬 슈트, 바깥쪽 회색 스티치가 두 겹 직선이 되도록 접은 포켓스퀘어, 경쾌한 존스턴 앤 머피 브로그. 로비를 재게 걸었더니 소리가 유난했다.

일요일의 선암사 입구는 거의 평화가 깃들어 있다시피 했다. 이름깨나 알려진 여느 절 같은 요란함이 없으니 되려 생소했다. 방보다 간판이 더 큰 민박집, 최후까지 꾀죄죄한 노래방, 관광상품이랍시고 쓰레기 같은 걸 파는 가게, 중구난방 노점상들, 단체관광객들, 스피커를 찢고 나오는 굉음에 불과한 불가佛歌. 아무것도 없었다. 다만 어떤 식으로 제 이름을 가꿔왔는지 선암사는 널찍하게 다듬은 흙길로 보여주었다. 길옆 숲에선 나무들이 제 맘대로 자라는데, 어설픈 플라스틱 울타리 같은 걸 치지도 않았다.

1766년 현재 심사정은 〈파교심매도灞橋尋梅圖〉를 그렸다. 가로 50.5센티미터, 세로 115센티미터의 비단에 그렸다. 평생 벼슬길에 나서지 않고 은둔하듯 살았다는 당나라의 시인 맹호연에 관한 이야기를 화제畵題 삼았다. 그림 속 선비는 나귀를 타고 다리를 건너기 직전이다. 다리를 건너고 나면 눈이 녹지 않은 산이 첩첩, 그는 어딘가에 피었을 매화를 찾아 떠난다. 우리는 다르다. 매화가 선암사 팔상전 뒤쪽에 있다는 걸 아니까. 그런가 하면 '매화에 미친 화가' ⇒ (자신이 그린 매화 병풍을 둘러치고, 매화에 관한 시가 새겨진 벼루와 먹을 썼으며, 매화시를 읊다 목이 마르면 매화 편차를 마셨고, 그 거처를 매화백영루라 불렀으며, 매수라는 아호를 지었다) 로 불리는 우봉 조희룡은 19세기 초 〈매화서옥도梅花書屋圖〉를 그렸다. 많은 화가들이 안빈낙도의 이상향을 생각하며 그린 소박한 화제지만, 그의 〈매화서옥도〉는 '그림 추사체'라고 할 수 있을 만큼

혁신적인 기운이 넘친다. 어느 한구석 어물쩍 넘어가듯 그린 곳 없이 호방한 것이, 과연 매화를 정말 잘 아는 사람이, 이미 매화를 넘어서서, 매화에 연연하지 않고 그렸다는 게 전해온다. 그럼 이제까지 매화나무를 올려다본 일이 없고, 그 밑에 놓여본 적도 없는 우리는 어떨까? 그저 감상이나 질질 흘리게 되는 걸까?

매화를 찾아나선 선비들은 결국 매화를 찾는다. 그 순간을 기록하는 서술은 한결같다. 눈 속을 헤매다 이번엔 매화를 찾지 못하는 걸까 탄식할 즈음 매캐한 겨울나무 냄새 사이로 암향暗香 한 점이 스쳐 고개를 드니 거기에 매화가 피었더라, 하는 식이다. 언제 들어도 그 말은 향기롭다. 매화를 보고도 그것이 눈꽃인지 매화인지 알 수 없었다는 말을 더하면 아예 아득해진다.

이제 매화나무가 눈앞에 있다. 병풍이라도 되는 양 시선을 넓게 펼치도록 만들며 거기 있다. 다가갔다. 꽃이 없다. 선암매는 아직 꽃을 피우지 않았다. 아는 사람을 모르는 체하고 싶은 경우처럼 매화를 지나쳐 두세 걸음씩 걷는다. 돌이켜, 다시 반대쪽으로도 지나친다. 할 말을 하지 못하는 소년 같기도 하고, 하릴없는 참새 같기도 하다. 그러다 서슴없이 나무를 만진다. 비 온 끝도 아닌데 결마다 습기가 흥건하다. 그 결은 깊다. 골짜기처럼. 끊어지지 않는다.

소나무숲이나 느티나무 아래서도 같았나? 매화에겐 쉽지 않은 기품이 있다. 밑동부터 덩치를 불리고 보는 여느 고목들과 달리 처음 심을 때부터 그랬을 것 같은 알뜰한 몸매는 매화만의 소신이다. 620년 세월이 무색하도록 여위었지만 놀랍도록 섬세한 밀도가 그 여윔의 배후다. 엉킨 가지의 율동이고 북실북실 이끼를 키우는 아량이고 어느 방향에서든 균형을 거스르지 않는 고고함이다. 제멋대로 뻗은 가지를 이토록 면밀하게 절제할 수 있다니. 그때 '미친'

오원의 '미친' 매화 그림이 생각났다. 그는 과연 미쳤지만 거짓말을 하진 않았구나.

매화 밑에서 볕을 쬐었다. 꽃 없음에 아쉬웠지만, 허무하지 않았다. 심사정의 〈파교심매도〉 속 선비는 매화를 찾았을까? 술잔을 기울이고 시를 지었을까? 그는 과연 만개한 매화를 보았을까? 조선의 고매한 선비가 아닌 검정색 소나타에 모여 탄 소인배 무리인 우리는, 안타까움으로도 시를 짓거나 하지 않았다. 술잔을 권하지도 않았다. 시절은 봄이고 당도한 곳은 남도니 '호박꽃'이라도 보자는 지극히 소인배다운 마음을 먹었을 뿐이다. 우리는 광양 옥룡사 터 동백나무숲으로 갔다. 라디오에선 황사를 거듭 알렸다.

가든

2009, Tokyo

2008, Suncheon

낮에 있었던 일

밤에 한 일

논으로 바람이 오니
숲으로부터였을 것이다
여름의 기운은
미루나무처럼 눈에 띄었고
우리는 콩포기에 가려질 만큼 작았다 그러다,
여름은 밤이 짧지
알게 되었을 땐
언제나 밖에 있었다
물론 그것만으로는 불충분했다
나는 자꾸 다른 곳으로 갔다

What's your name? 2011, Jeju

夏目

소세키 소설 속 남자들의 걸음걸이를 안다.

시계를 차고

대문을 나서

모퉁이를 간략히 돌아

대로를 만나

전차가 지나도록 기다리고는

언덕길을 오르며

생각하며

생각인 줄 모르고 생각하며

수많은 감촉을 실은 간직하며

손질이 집요한 정원이 딸린 집으로 들어서는 그의 이름을 하마터면 부를 뻔했다.

도쿄는 한여름이었다.

어둑하니

6월에 비 온 끝이었나? 낮잠에 들어갔다 나오니 어둑했다. 그 잠이 달고 깊어서 아예 밤을 지나 새벽이라 여겼다.

오디오로 해서 냉장고로 가는데 가야금이 한두 음 났다. 그리고 이내 젖은 풀밭 같은 청음이 모였다. "녹음방초 승화시여 해는 어이 더디 간고……" 안숙선, 가야금 병창. "나물 먹고 물 마시고 팔을 베고 누웠으니 대장부 살림살이 이만허면 넉넉헌가. 일촌간장 맺힌 설움 부모님 생각뿐이로구나……" 음 하나하나를 적시듯 하는 그 노래는 지레 구슬펐다. "옥창앵도 붉었으니 원정부지 이별이야. 송백수양 푸른 가지 높다랗게 그네 매고 녹의홍상 미인들은 오락가락 노니난데 우리 벗님 어데 가고 단오 시절인 줄 모르는구나. 그달 그믐 다 보내고 유월이라……" 고향집 마당에 쓰러진 수국 더미를 일으켜세우던 일. 어머니의 일과.

날은 점점 어둑하니 새벽이 아니라 저녁이 되었다. 밖에 채소트럭이 와서 그제야 얼버무리듯 알았다.

낙서

Last Night at the Jetty

듣다가 멈추길 몇 번이었을까. 서쪽으로, 동쪽으로 해를 보며 차를 몰다 길 밖으로 차 세우길 몇 번이었을까. 이 결벽한 찬가는 무엇을 되돌리려는 건지 자꾸 먼 곳을 보게 만든다. 어쩌면 이 멜로디는 여름의 테두리보다 큰 곳에서 오는 게 아닐까? 구름이 오는 곳. 거기에 어제가 있나? 있다면 몇시인가요?

여름방학

보충수업을 마치고 돌아온 누나는 문지방에 걸터앉아 환타병으로 장딴지를 밀며 유열의 새 노래를 연습했다. 나는 리코더로 그걸 연주할 수 있다며 금방 들통날 거짓말을 했다. 여름방학이었다. 양파망에 둥그렇게 철사를 끼우고 그걸 다시 대나무에 고정시킨 개미채로는 주로 잠자리를 잡았다. 어디선가 암놈 하나가 홀연히 나타나면 주변 수컷들이 팬클럽처럼 모여들었고 그럴 때 휘두르면 넷 모두를 잡기도 했다. 귀퉁이가 깨진 연두색 플라스틱 바구니로는 붕어를 잡았다. 논둑엔 콩포기가 무성했다. 그러다 소나기를 맞는 날엔 좋아라 뛰었다. 외갓집은 대전이었다. 1989년 서대전역 앞 삼성아파트 31평형 12층에서 사촌누나는 인켈 전축에서 나오는 무한궤도의 〈여름이야기〉를 등나무 소파에 파묻혀 듣고 있었다. 세상에서 제일 멋있는 포즈라고 생각했다.

긴자 규쿄도 2층에서 벼루를 고른다. 쓰다듬기도 톡톡 두드리기도 하는 것은 딱히 고르는 요령을 알아서는 아니다. 그냥 한번 그래 보는 일. 뚜껑에 잔무늬가 진 작은 놈을 내달라 해서 손바닥 위에 놓으니 새처럼 쏙 들어왔다. 종일 그걸 들고 다닌 날도 있었다. 언젠가 한번은 보령 청라면에 가서 노재경이 만든 순한 벼루를 한참이나 봤다. 네 눈은 검고도 맑구나. 넉넉한 밤이면 먹을 갈아도 좋을 것이다. 연한 측백나무 가지와 함께 갈아도 좋을 것이다. 평안토록.

야마구치 모모에. 80년대 롯폰기.

아제딘 알라이야에서 무슈 알라이아와 함께 일했던 여성이 "좋아하실 거예요" 소개해준 마레의 식당에 갔다. 이름은 쉐 네네즈. 8월의 파리는 모진 땡볕이었으나 무슨 상관이람, 시테 섬에서 생토노레까지 거뜬히 걸을 수 있는 우리는 용감한 투어리스트. 사흘 동안 파리에서 다섯 번 그 집에 갔다. 이상하게도 거기서 '고향'이라는, 전혀 예상치 못한 말을 떠올렸다. 메뉴를 기억하지는 못한다. 꿀을 끼얹은 고기 먹지 않았나? 배를 갈아서 올린 디저트 먹지 않았나? 갸웃거리면서도 쉐 네네즈를 안다 말한다. 그럼 어때, 우리는 모든 게 괜찮기만 한 아시안 투어리스트인데.

평양

지구상에 그렇게 생긴 도시는 평양밖에 없을 것이다. 찰리 크레인이나 노코 진 ⇒ (2008년에 설립한 진 브랜드로 북한에서 제작해 화제가 되었다. 홈페이지 www.nokojeans.com에 가면 자동카메라로 촬영한 신의주역 광장 등 또렷한 북한 사진을 여러 장 볼 수 있다) 관계자들이 찍은 최근의 평양을 볼 때마다 어서 저 거리에 서고 싶다는 조바심이 솟는다. 대동강변 어딘가에 음침한 크루징 지역이 있다는 얘기를 오사카 조총련계 술집 주인에게 들었을 땐, 루머거나 말거나 흥분하고 말았다. 평양이라니. 주말에 친구들과 아무 데나 가자며 차를 몰 때, 괴산 가자, 정선 가자 그런 말 대신, 평양 가자, 함흥 가자 이런 말을 할 수 있다면. "이번 주말에 부전고원으로 침투력 좋은 네 차 타고 식물 채집하러 안 갈래?" 할 수 있다면. 가끔 을지면옥 입구의 북한지도를 우두커니 쳐다본다. 고풍, 송원, 북청, 은율, 어랑, 사리원……

김추자와 김정미

김정미의 〈햇님〉을 듣자마자 몸의 모든 구멍이 뚫렸다. 김정미를 좋아했다. 한편 김추자는 김추자가 노래하지 않는 한 죄다 시시해보이도록 만들었다. '사랑한다'를 '써랑한다'고 발음하는 게, 거슬리기는커녕 동물이 제 울음소리를 내는 것처럼 들렸다. 두 사람은 어느새 한국 대중음악의 기이한 신화가 되었지만, 그게 천구백칠십몇년 서울에서 실제로 있었던 일이라는 사실은 떠올릴 때마다 뻐근했다. 유행의 갈래였다면 어떻게든 비슷한 무엇이 왔을 것이다. 하지만 오지 않았고, 여태 진공이다. 지금 할 수 있는 것은 그 목소리를 들으며 누가 더 미쳤는지를 친구들과 떠드는 정도? 언제고 우리는 서로 말했다. "다 있었어, 벌써 다 있었어."

주위의 뭇 흡연자들은 나를 '흡연자에게 가장 관대한 비흡연자'라 칭했다. 카페도 술집도 천변도 '금연'이라 두 글자 써 붙이면 그걸로 끝이라니, 도무지 이건 경우가 아니다. 나는 담배 냄새가 싫지만, 냉면집에서 할아버지들이 편육에 소주 드시며 피우는 담배 연기의 무드를 좋아했다. 나는 담배 냄새가 싫지만, 중요한 얘기를 꺼내려다 말고 담배를 한 대 무는 그 여자의 포즈를 좋아했다. 나는 담배 냄새가 싫지만, 삼천리 방방곡곡 건강과 유기농을 부르짖으며 (정작 쇳가루 섞인 도토리가루나 줄 서서 먹으면서도) 아무 데나 빨간 엑스표를 치는 꼴은 더 싫었다. 아예 가소로워 고개를 돌렸다. 아기 옆에서 담배를 피우지 않는 건 다만 서로의 부드러운 도리가 아닌가? 하지만 이곳은 "여기 금연인 거 안 보여요?" 신도시 새댁의 삿대질 한 방이면 전광석화 단죄가 가능한 세상. 만인의 피로 공화국에서 연기는 망명할 곳조차 없다.

혁진이 에르난 바스를 인터뷰했다. 맨온더분의 쇼핑백을 들고 인터뷰 장소에 온 바스는 "나는 세잔을 좋아해본 적이 없어요"라고 말했다. (정적) 그걸 읽고서 마침내 나는 세잔으로부터 벗어났다. 속물이 더한 속물이 된 건지, 간신히 속물 한 겹을 벗은 건지, 어쨌든 후련한 속으로, 어쩌다 꼴리유흐까지 찾아가 마티스를 생각했다. 거기에 무엇이 있었느냐면 햇빛이 있었는데, 그새 햇빛을 모르는 내가 된 나는 그 햇빛을 보고서 햇빛을 알고 돌아왔다 말하는 내가 되었다. 물론 나는 니스의 마티스 미술관을 빼놓지 않는 부지런한 속물이므로 과일이 있는 정물화 속에 콱 박혀버렸음 좋겠다는 생각까지 마저 하고 돌아왔다. 엽서는 스물몇 장 샀는데 아무에게도 주지 않았다.

아름다울 텐가요?

이것은 내가 스무 살이었을 때, 스물여섯 살 송철이 형이 썼던 시에 들어 있던 말. 그 시의 제목이 '제비집이 있는 집'이었는지, 「생각하는 나무」 연작 중 하나였는지, 나는 1994년의 내가 아니라서 그만 잊고 말았다. 어느 밤 형에게 "형 그 시 제목이 뭐였죠?" 물어서 「은사시나무」임을 알았지만, 여전히 모르는 걸로 해둔다. 어떤 것들은 그런 채로도 따뜻해서, 열고 들어가 잠을 청하기도 하는 것이다.

나미

모르는 번호였는데 받았다. "안녕하세요, (멈춤) 나미예요." 아마 고양이도 그런 소리는 못 낼 것이다. 어쩌나, 나는 말문이 막혀버렸다. "아…… 선생님." 결국 나는 그렇게 말했나? 며칠 후 초저녁 방배동 주점에서 우리는 만났다. 이걸 드리고 싶었어요. 내가 나리꽃 한 다발을 건넸다. 주홍색 꽃 속으로 까만 점이 가득했다. 그녀가 샴페인처럼 웃었다. "나도 드릴 거 있어요." 그녀는 검정색 돌체앤가바나 슈트 케이스를 내밀었다. "보여줄까요?" 지퍼를 찌익 내리자 향수가 기습했다. 고개가 절로 물러날 만큼 독했다. 그리고 안쪽으로 앙드레 김의 흰 나뭇가지가 박힌 코트가 얼핏 스쳤다. 모든 게 완벽해, 나는 취한 사람처럼 되었다. 그날 받은 드레스와 볼레로 재킷을 촬영해 『GQ』 ⇒ (2009년 3월호 '대한민국 대중음악 박물관') 에 실었다. 그리고 이렇게 썼다. "조명을 받은 스팽글이 개인적으

로 반짝인다. 가죽에는 날것의 파워가, 보석에는 떨림이 있다. 결
정結晶이라 불러도 좋을까? 나미의 무대에 나미 이외의 것은 없었
다…… 다부진 섬처녀 같은 까만 얼굴, 움직이는 귀걸이가 만든
번화한 도발, 척추까지 찌릿한 허스키 보컬, 그리고 너무 정확한
이름, 나미."

드리스 반 노튼

　멋쟁이, 높은 빌딩. 유행 따라 사는 것도 제멋이지만, 문득 돌아
서면 첫번째 이정표에 그의 이름이 쓰여 있었다. '패션은 그런 거
아니잖아' 말하는 것 같았다.

분재

　도쿄 오모테산도힐스의 아마다나 매장에서 진백 분재를 보았
다. 길고 느리게 뻗은 가지 위로 구름처럼 떠 있는 잎은 사뭇 비현
실적이었다. 느티나무 밑에서 장기를 두고, 감나무 밑에서 감꽃
을 줍고, 벚나무 아래서 사진을 찍는 일은 알지만, 오래된 나무 한
그루를 밑둥부터 가지 끝까지 눈앞에 모조리 두는 일은 그토록 낯
설었다. 교외로 차를 몰다 분재원에 들른 날, 백발의 신사인 일영
분재원 최영준 대표는 요즘 젊은 사람들과 분재에 관해 이렇게 말
했다. "이건 기다려야 되는 일입니다. 요즘 젊은 친구들에게 가장
없는 것이 인내심이지요." 나뭇가지에 철사를 걸고, 뿌리는 좁은
분 속에 가두니, 결국 나 좋자고 나무를 학대하는 것 아니냐는 편
견은 분재를 둘러싼 가장 고질적인 '안티'지만, 널찍한 책상 한쪽
에 여문 분재 하나 덩그러니 놓고 싶다는 생각은 하릴없는 휴식이
다. 단, 분재는 최대한 자연에 가깝도록 키워야 한다. 엄격하게는,

층 이상 아파트에서 분재를 하는 건 권하지 않는다. 땅에서 비를
고 별을 쪼이고 계절을 겪도록 키우다 가끔 들여놓고 좋아라 보
것이 진정 분재의 멋이다.

수석

우연히 평원석 하나를 보기 전까지, 세계는 없었다. 가로 80센
미터쯤 되는 검은 수반에 금빛 모래를 자리 삼아 놓인 평원석을
기 전까지는 말이다. 그런 모양의 돌을 평원석이라 부른다는 것
알지 못하면서 그 돌의 넓음과 그 돌의 맑음과 그 돌의 단단함
그 돌의 고요를 느끼고 말았다. 수석은 형, 질, 색, 크기, 그 밖
도 밑모양이니 물씻김이니 하는 용어에 갖가지 분류와 감상 방
까지, 돌멩이 하나로부터 꽤나 '아저씨풍으로다가' 번다해 보이
도 하지만, 중요한 건 그 돌을 대하는 마음이다. 마우스 옆에 단
한 돌 하나를 두고 거기에 손을 올리고 쉬면 얼마나 호젓한지,
르는 사람은 영원히 모를 것이다.

여름 영화

파카 입어 덩치만 부해졌지, 실은 쪼그라든 화신이 된 남자들과
그렇거나 말거나 죄 없는 구멍이 된 여자들이 밀려나오는 홍상수
겨울 영화를 징그러워하지만, 건들대는 남자들과 말하는 여자
이 함께 나오는 홍상수의 여름 영화는 즐겨 기다린다. 그것은 터
한 지혜인가 아니면 제풀에 속아넘어간 제스처인가. 아무튼 생
난 김에 여름 영화 베스트 5. 난니 모레띠 〈나의 즐거운 일기〉,
릭 로메르 〈여름이야기〉, 왕가위 〈화양연화〉, 아핏차퐁 위라세
쿤 〈열대병〉, 홍상수 〈하하하〉.

제주도를 운전하다보면 내비게이터에 나뭇가지처럼 생긴, 그러니까 끝이 이어지지 않은 길이 있다. 그 끝은 뭘까? 벼랑이거나 무밭이거나 황무지거나 아니면 묘지일까? 그런 나뭇가지 중 하나는 곶자왈 입구에 닿는다. 곶자왈은 나무, 덩굴, 암석 등이 뒤섞여 수풀처럼 어수선하게 된 곳을 일컫는 제주도 방언인데, 세계에서 유일하게 열대 북방한계 식물과 한대 남방한계 식물이 공존하는 제주도만의 영롱한 비밀이기도 하다. 올레길이 나면서 곶자왈도 좀더 열렸지만 그곳은 여전히 인간의 영역 밖에 있는 것 같다. 넓구나, 깊구나, 보이지 않는구나. 곶자왈에서 모든 것은 하나를 향한다. 햇빛이다. 숲의 틈을 비집고 들어온 햇빛은 점점점 무늬를 만들며 박힌다. 햇빛이 닿은 곳은 탈색된 듯 하얗고 닿지 않는 곳은 무르도록 검다. 하지만 가까이 보면 모두 푸르다. 그리고 숨 쉰다. 어느 쪽인가 하면, 곶자왈은 섬뜩하다. 저지곶자왈을 통과하며 스스로 침입자가 된 것 같은 분위기는 머리칼을 가닥가닥 세우고 말았다. 되돌아나가기도 뭣한 지점에 왔다 싶었을 때, 이때다! 푸드덕 날아가는 장끼에 놀라 오장육부가 떨어져나가도록 뛰었다. 끝을 알 수 없으므로 멈추지 못하고 뛰었다. 귀로 숨소리가 너무 크게 들렸다. 누구의 숨소리인지 분간도 못했다.

내 친구 허유는 성이 허고 이름이 유인데 한자로는 '있을 유'자를 쓴다. 공항을 빠져나오면서였는지 들어가면서였는지 허유가 옆에서 말했다. "촌스러." 내가 반사적으로 주위를 살폈다. "뭐가?" 허유가 멈추듯 말했다. "모든 게." 허유는 머리가 길어 꽁지

개로 묶고 다닐 때 처음 만났고, 박박 밀었을 때도 만났고, 다
길러서는 미장원에 갈 때 빅뱅 탑 사진을 반듯하게 오려 미용사
게 내밀면 "이런 분은 처음이에요" 한다는 지금도 만난다. 술을
었으나, 귓불을 뻥 뚫었던 피어싱을 빼 이까짓것, 쓰레기통에
어던지던 순간에도 더러운 술집에 함께 있었으니, 음탕한 소굴
다 그의 안내가 함께였고, 좋아라 웃으며 나는 타락했다. 허유
지금 우리 앞에 보이고 들리고 만져지는 것이 왜 예쁜지, 얼마
별로인지 즉각 말해버렸다. 그리고 나는 그 말을 편애했다. 언
가, "좋은 디자인이란?" 질문에 진정 어울리며 솔직한 답을 구
고자 고민하다 "이런 건 처음 보는 진지한 것"이라 썼다며, 어
나고 내게 전화로 물었을 때가 생각난다. 서울은 내 친구 허유
는 도시다.

"비라는 글자는 정말 비같이 생겼고, 숲은 진짜 숲같이 생기지
았어요?"
"저는 호랑이도 호랑이 같던데요?"
연애의 말들.

구름의 이름

층운이 있고 적운이 있다. 펼쳐진 것과 솟아오른 것. 둘을 구별
기는 어렵지 않았다. 또한 권운이 있다. 아, 새털구름? 세상의
든 구름은 세 갈래였다. 눈 코 입처럼 그것은 그럴 만한 조건.
302년 구름의 이름을 지은 과학자 루크 하워드는 이런 말을 남
다. "나는 내 이름보다 구름의 이름이 더 많이 알려지길 원합니

여
름

다.” 1820년에 괴테는 썼다. “내 노래에 날개를 달아 고마움을 전하네. 구름과 구름을 구별해준 그에게.”

채소 삼부작

오이를 알고 사랑을 알고.
아욱 때문에 배운 아욱국.
그곳이 어디든 천국엔 분명히 열무밭이 펼쳐졌을 것이다.

상허와 청장관

상허 선생이 이웃에 계셔서 밤에 앵두 한 대접 들고 찾아가는 일을 『무서록』을 펼칠 때마다 그려도 본다. 이태준은 여름에 생각난다. 겨울엔 어김없이 기형도가 그렇듯이. 올여름을 지나면서는 이태준과 더불어 청장관 이덕무의 수필을 또한 읽었다. 18세기의 조선 선비 이덕무의 책 제목은 ‘깨끗한 매미처럼, 향기로운 귤처럼’이었다. 온종일 정자에서 내려오지 않은 듯, 그게 참 좋았더랬다.

캠벨 얼리

영동군 황간면 난곡리에 있는 김형선 농부의 포도밭은 핸드볼코트만하다. 거봉 같은 크고 새로운 놈 말고 어려서 그저 따먹던 포도 맛을 기억한다면, 그의 포도를 먹고 눈을 감을 것이다. 다디단 설탕포도 꿀포도가 아니라, 쉼표 하나 찍는 신맛이 마무리하는 캠벨. 그윽함, 풍요로움, 야무짐. “작년에 갔었는데 기억하시려나 모르겠어요. 이번주에 포도밭으로 찾아봬도 될까요?” 광복절에 전화를 드렸다. “올해는 보름쯤 더 있어야 알맞게 익을 것 같습니다. 이렇게 또 맛있다고 전화까지 주시니 고맙습니다.” 여름도 이

기울었음을 알리는 가지런한 인사.

런던 올림픽

준호의 얼굴,

연경이의 목소리,

자철이의 간.

박

박을 샀다. 악기장 고흥곤 선생이 만드셨다. 박달나무 여섯 조
을 가죽으로 엮어 부채처럼 펼쳤다 일순간 오므리면 '쩍!'소리
가 난다. 아침에 일어나 동쪽을 향해 그걸 한 번 쩍, 치며 잘 잤다
리내면 과연 그런듯했다. 생각나면 쩍! 친다. 그러다 바람이 마
면 생황 부는 법을 배우려 한다. 친구들은 혀를 찼다. 야, 가서
이나 신청하고 와.

여름 바람 때문인가

2009, Oslo

2007, Seoul

2009, Antwerp

2010, Ihwa-dong

2009, San Sebastian

배낭

2001년의 기억

시작

차창을 열고

도착 기념, 조지 스트리트

오페라 전의 지하철역

야경들

아침에 궁에서

바다가 보일 조짐

이리저리 달리는 아이들

로마를 걸으며

로마를 계속 걸으며

* James Blake, 〈Love What Happened Here〉

* Frank Sinatra, 〈Summer Wind〉

* Pet Shop Boys, 〈London〉

* Owen Pallet, 〈Midnight Directives〉

* Phoenix, 〈Lisztomania(Classixx Version)〉

* Low Motion Disco, 〈Things are Gonna Get Easier〉

* Yo La Tengo, 〈Tom Courtenay〉

* Animal Collective, 〈Summertime Clothes〉

* 패티김, 〈태양이 뜨거울 때〉

* 패티김, 〈4월이 가면〉

A boy with straw hat 2009, Taean

새벽 플랫폼

야간버스와 국경

잠들기 전에

서귀포시 안덕면 대평리

생 빅투아르 산이 앞에 나타나는 일

스타방에르의 숲

할머니의 레이밴

잘못 내린 역

옆자리

2001년의 여름

너나 실컷 걸어!

금강 중류의 도시들

가고시안 갤러리 직원과 눈이 마주치면 기꺼이 웃어 보이며

* Kings of Leon, 〈Revelry〉

* Air, 〈New Star in the Sky〉

* 선명회 어린이합창단, 〈고향땅〉

* 박인희, 〈배가 들어오면〉

* The Field, 〈Over the Ice〉

* Baths, 〈Maximalist〉

* Ono Yoko, 〈O'oh〉

* Beirut, 〈Nantes〉

* Elsa & Glenn Medeiros, 〈Reason to Believe〉

* Fishmans, 〈なんてったの〉

* 아마츄어증폭기, 〈룸비니〉

* Jose Carreras, 〈川の流れのように〉

* Arthur Russell, 〈Make 1, 2〉

2009, Lido

2009, San Sebastian

2009, Forsand

2001, Firenze

2008, Gochang

2006, Seoul

2009, Bordeaux

한밤의 리퀘스트

서쪽 해변

도쿄를 낮에 떠날 때

도쿄를 밤에 떠날 때

가고시마에서 생긴 일

비 내리는 호남선

여름이 끝나는 날

여름은 정말 끝나버렸나

세상의 모든 길은 이어져 있으므로

그리고 돌아갈 것이므로

올림픽대로

집에서

떠나기 전날 밤

* Midsummer, 〈Where the Waves〉

* Washed Out, 〈Feel It All Around〉

* Jesus and Mary Chain, 〈Just Like Honey〉

* Skyphone, 〈All is Wood〉

* Quruli, 〈最終列車〉

* 조월, 〈불꽃놀이〉

* 나미, 〈입술에 묻은 이름〉

* Brian Wilson, 〈Colors of the Wind〉

* 이상은, 〈삶은 여행〉

* Panda Bear, 〈Last Night at the Jetty〉

* 모임 별, 〈태평양〉

* 백현진, 〈여름바람〉

* Beach Boys, 〈Think about the Days〉 + 〈Don't Worry Baby〉

2009, Venice

2007, Girona

2009, Venice

2001, Paris

2011, Seoul

2009, Tokyo

2008, Amsterdam

2004, Tokyo

여름이 오면 너에게 가지 않고

태백에 간다. 이왕이면 싸리재를 넘는 길. 춥고자.

뙤약볕을 피해 남한강에서 식은 돌을 줍는다. 장마 끝나고 한바탕 뒤집어진 강변에서 야무지게 빛나는 오석 하나를 품어오는 꿈을 미리 꾼다.

해 질 무렵 전주 전일슈퍼에 가서 플라스틱 의자에 앉는다.

삼척 호산비치호텔에 묵는다. 밤이면 머리맡으로 파도가 온다.

울진에서 봉화로 가다가 소천면에서 잠시 쉰다. 아이스크림 하나 먹고 간다.

문득 학교에 들어가면 이순신 동상, 유관순 동상, 신사임당 동상, 독서하는 소녀상, 둥글둥글 깎은 향나무, 멈춘 분수대, 배웠던 거요.

7번 국도를 따라가다 아무 항구에나 들른다. '자연산'이라는 말은 의심 많은 도시 사람들이나 쓰는 괜한 말임을 깨닫는다.

'홍상수 모텔 투어'를 떠난다. 태안 노을빛은혜펜션에서 〈해변의 여인〉을 보거나, 통영 나폴리모텔에서 〈하하하〉를 보거나. 한 〈생활의 발견〉은 춘천 에덴파크모텔과 경주 콩코드호텔에서 각 두 번 본다. 부안 모항에선 일단 텐트를 친다.

서강대교 남단 밑에 돗자리를 깐다.

프랭크 시나트라의 1966년 앨범 〈Strangers in the Night〉를 든다. 왁자지껄 먹어젖힌 식탁, 썩은 나무의 버섯에게조차 환희일

멜로디, 브라스와 브라스가 만든 갈채, 모자 쓴 남자가 모자를 쓴 채 부르는 노래.

농부를 만나러 간다. 마트에서 포도를 한 상자 샀는데, 그 맛이 좋았다면 상자에 적힌 번호로 전화를 건다.

서귀포 쇠소깍에서 여럿이 뗏목을 탄다. 쇠소깍이 어느 나라 말인고 하니.

통영에서 연을 산다. 그걸 아무 데서나 날린다.

홍성군 결성면 읍내 사거리에서 사방을 둘러본다. 초등학생이 '우리 동네'라는 제목으로 그린 크레파스 그림이 그와 같다.

가랑비 오는 날 경주 오릉을 산책한다. 비 오는 날일수록 구두를 신고 싶다면, 겉멋이 구두에 사과해야 하는 일일까?

갈 때 가더라도 구룡포 철규분식에 잠시 들렀다 간다. 찐빵 하나 먹고 가야 하니.

선암사에서 여름꽃을 그린다. 팔손이와 파초, 수국과 불두화, 대궁을 내민 상사화. 비도 오라지.

전라도에서 할머니 세 분을 차례로 만난다. 정읍 충남집에서 쑥국을 끓이는 서금옥 할머니, 영암 어란의 집에서 어란을 만드는 김광자 할머니, 진도 읍내에서 홍주를 내리는 허화자 할머니. 세 분의 사투리에서 차이를 발견한다.

돌을 바꿔치기 한다. 거제도에서 주운 돌을 섬진강변에 놓기도 하고, 인제에서 주운 돌로 예산저수지에서 물수제비를 뜬다.

일어나자마자 한껏 차려입고 경주 석굴암에 간다.

서산 마애삼존불에서 차려입고 노을을 맞는다.

중도에서 후투티를 본다. 보면, 후투티! 부른다. 들리기는 할 것이다. 알아듣거나 말거나.

영흥도 소사나무숲을 아침에 한 번 저녁에 한 번 들어간다.

바닷가 교회에서 예배를 본다. 경주 감포 언덕배기 감리교회 같
은 곳.

담양 명옥헌 배롱나무 붉은 꽃 떨어진 연못 물.

완도수목원 온실에 들어간다. 흠뻑 젖어나오면 산등성을 넘어
온 산바람에 속옷이 마른다.

'오늘의 경기'를 검색해본다. 대구에서 체조대회가 있고, 구미
에서 카누대회가 있고, 성주에서 하키대회가 있고, 양구에서 씨름
대회가 있다는 것쯤 알고 간다.

안동 농암종택에서 자고 일어나 종부가 차린 아침상을 받는다.
밥을 먹고 물을 마시면, 마루 밑 옥잠화가 두런두런 피어 있을 것
이다.

낙동강 상류에서 노를 젓는다. 산세에 기개가 넘치니, 노를 젓
는 폼도 제법 그럴싸해진다.

제주도 김녕해수욕장 만 원짜리 파라솔 밑에서 두꺼운 책을 읽
는다. 베개 삼아 잠도 잔다.

어떤 날엔 호텔에 누워 구름을 본다. 때 되면 밥 달라 전화를 걸
고, 밤이 되면 누군가를 불러들인다.

능소화가 요즘 피는 꽃이던가? 달리는 차에서 생각했다.

나의 맛집

　홍어가 맛있을 줄 알았다. 먹어보니 아니었다. 그 후로 오랫동안 홍어를 못 먹는 사람으로 살았다. 그러다 어느 날 목포에서 한점 다시 먹어보게 되었다. 그때 비로소 맛을 느꼈다. 먹을 수 있었다. 홍어가 이런 맛이었나? 여전히 좋아라 하진 않지만 홍어를 못먹는단 생각은 사라졌다. 세상의 모든 음식이 그와 같지 않을까? 못 먹는 게 있다면 진짜 맛을 몰라서 못 먹는 게 아닐까.

　맛집은 맛있어야 한다. 하지만 맛있다고 다 맛집은 아니다. 예쁘면 다 애인인가?(무슨 말이지?) 청결해야 한다느니 좀 더러워도 '포스'가 있으면 된다느니, 친절해야 한다, 그럴 필욘 딱히 없다, 조미료를 쓴다, 안 쓴다…… 그런 시시콜콜은, 설정한 기준이 아니라 그때그때의 기분과 취향이 판단할 일이다. 어떤 맛을 내려했는지 알 수 있는 맛이라면 그게 화학조미료든 농약이든 맛으로서 이해할 수 있다. 하지만 진득한 손맛이 필요한 자리에 깔끔 떠는 재주만 들어가 있을 때, 그건 맛이 아니라 스타일이다. 일본 그릇에 북유럽 의자 좀 갖추고는 나 센스 있지? 묻는 접시들. 네, 센스 있어요, 맛없고요. 그런가 하면, 굴비백반을 시켰더니 불고기에 게장에 소시지부침까지 나오는 건 '상다리가 부러진다'를 부정적으로 도입한 오지랖일 뿐이다. 그 집 굴비 맛이 유난했다 한들, 고개를 흔들 참.

　맛집은 맛에 국한되지 않는다. 먹고 나서 생각하길, '이 집에 또

오고 싶은가?'라고 되물었을 때 또 가고 싶은 집과 결국 또 가는 집만을 맛집이라 부르고 싶은 이유다. 까무러치게 맛있어도 어쩐지 발걸음이 절로 향하질 않는다면 그건 남들 맛집이다.

나의 맛집을 여기에 적어둔다. 정읍 충남집의 쑥국, 공주 진흥각의 짬뽕밥, 대전 소나무집의 오징어국수, 이태원 봄봄의 블랙올리브 파스타, 구룡포 철규분식의 찐빵, 제주 포도호텔의 튀김우동, 신이문동 로지스시의 삼치절임덮밥, 화순 양지식당의 돼지고기 두루치기, 왜관 약목식육식당의 갈빗살구이, 안동 물고기식당의 은어찜, 진주 천황식당의 비빔밥, 제주 남춘식당의 김밥, 포천 미미향의 짜장면…… 사시사철 가던 길 멈추고 돌아가고 싶은 집, 그야말로 집이려니 하는 집. 시간이 흐르고 목록은 변할지도 모르나, 그 어쩔 수 없음을 또한 맛있게 반기려 한다.

파초

파초 한 그루를 들이려 나선 날이었다. 해 질 무렵이라 그림자
가 훌쩍 앞서나갔다. 7월의 더위를 수습하지 못한 종로6가는 잿더
미마냥 무끈해서 자두나 복숭아를 담은 상자의 붉음마저 습자지를
댄 듯 충충해 보였다. 바람은 겨우 옆으로나 새고 있었으려나? 관
엽을 취급하는 점포마다 휜칠하니 싱그런 것들이 제법이었지만 내
가 파초요, 나서는 놈은 없었다. "혹시 파초가 있을까요?" 저쪽
은 대개 난처한 얼굴을 했다. 숱한 대답은 파초가 있다 없다가 아
니라 "파초는 요새 안 보이던데……" 어정쩡했다. 내친김에 더 물
었다. "파초가 귀한가요?" 이러니저러니 했으나 귀에 담기는 답
이 없었는데, 퍼즐을 풀던 남자가 일어서며 말했다. "여기 파초 좋
은 거 하나 있는데요." 그를 따라갔다. 파초가 아니었다. "이건 바
나나 같은데요?" 그는 '그게 그거'라고 했다. 종로엔 파초가 없었
다. 그날 자두를 한 봉지 샀나?

두루 알아보니 상주 남장사 대웅전 앞에 파초가 무성하다 했다.
벼르다 날을 잡아 차를 몰았다. 황간에서 고개를 넘으니 충북과 경
북의 도계가 무색하게 곧장 남장사에 닿았다. 8월이었다. 절 주차
장 옆 계곡엔 동네사람 서넛이 삶은 옥수수를 먹고 있었다. 산길을
얼마나 더 올라야 하나 궁금할 것도 없이 곧장 일주문인데, 바닥으
로 구불구불 뱀이 보였다. 뱀이 참 선명도 했다. 상서롭기로 뱀만
한 것이 없을 테니, 이 무슨 징조인가 괜한 머리를 굴리려 했으나,

우선은 그 선이 고상해서 잰걸음으로 몇 보를 따라가고 말았다. 뱀은 이내 길을 벗어나 계곡 돌틈으로 사라져버렸다. 남장사에서 파초를 보고 돌아오면서 뱀을 떠올렸다. 남장사에서 파초를 실컷 쳐다보고 돌아오면서 그 뱀의 사라진 선을 그려봤다.

건국대학교 박물관에서 긍원 김양기의 〈월하취생도月下吹笙圖〉를 본 건 9월이었다. 긍원은 단원 김홍도의 아들인데, 이 그림은 아버지 단원의 그림을 화제까지 그대로 본떠 그린 것이다. '월당처절승용음月堂悽切勝龍吟' 즉, 달밤의 처절한 소리가 용의 울음보다 더하다는 글 아래로 무릎을 걷어붙이고 생황을 부는 젊은 선비가 있다. 단원 자신일까? 그럴지도. 혹은 아들 긍원을 그린 것일까? 그럴지도. 이 호기심은 단원의 또다른 그림 〈포의풍류도布衣風流圖〉를 보면서 한층 어렴풋해진다. 〈포의풍류도〉엔 당비파를 든 선비가 있는데, 〈월하취생도〉의 선비보다 연배가 있어 보인다. 그런데 두 그림은 묘하게 닮았다. 맨발의 선비가 여러 기물과 함께라는 점이 우선 그렇고, 생황과 벼루와 종이와 술병과 술잔을 곁에 두었는데 그 양상이 거진 한 사람의 것으로 보기에 무리가 없다. 또한 두 그림 모두엔 커다란 파초잎이 놓여 있다. 누가 다시 묻는다면, 두 그림을 '맨발과 파초'라고 함께 부르고도 싶은 것이다. 부자는 어느 밤 맨발로 함께 있었을까. 아니면 이 세 점의 그림 사이엔 전혀 다른 시간이 각각 고여 있는 걸까. 거기엔 어쩌면 건너뛰어야 할 어떤 모순까지도 함께 엮여 있는 건 아닐까. 건국대학교 박물관에서 본 〈월하취생도〉에서 긍원은 파초잎을 초록이다 못해 거의 바다처럼 퍼렇게 칠했다.

작년에 제주 김녕바다에서 장석남의 시집을 읽다가 뜻밖에도 간송미술관 뒤뜰에 파초가 있음을 알았다. "시월, 파초는 제 그늘로

시월을 늘이고서/ 시월을 외고 섰다" 우두커니 서서 뭔가를 외고 있는 모양이라니, 시인의 모습이 오버랩되어 웃음을 흘리고 다녔다. 그러나저러나 파초는 본디 남쪽에서 온 식물이라 했으니 혹시 제주에 흔한 건 아닐까? 수소문했더니 만만친 않았다. 그러다 새우란에 미친 김아무개와 연락이 닿았고 그에게서 이제 막 꽃대를 올린 여름새우란 두 촉을 받아 서울로 가져왔다. 그것은 9월이 가도록 꽃을 달고 있다가 10월이 되자 스스로 대궁을 비틀었다.

앉은 자리에서 간신히 손이 닿는 창이 있는데, 그걸 반뼘이라도 올리치면 한기가 적군처럼 쳐들어온다. 지금은 11월. 모니터에 파초라 써놓고 다른 생각이나 한다. 선반 위엔 녹색 시계가 죽어 있고 돌아보면 자는 사람이 자는 소리를 낸다. 어제 꽃은 국화는 어제 좀 시들해뵈는데 그런대로 부드런 기운이 번지니 꽃답다. 평화라면 평화. 지난겨울에도 이랬었지, 싶다. 그사이 11월 21일은 11월 22일이 되었다. 파초 없이.

2011, Seoul

여기와 거기

2011, Seoul

2012, Collioure

2009, Amsterdam

2010, Tokyo

2009, Antwerp

2011, Jeju

2010, Seoul

권부문은 거기에 있었다

2008년 6월, 권부문과의 첫번째 인터뷰

**1975년 서울 프레스센터에서 열렸던 첫 전시,
당신은 그때 스무 살이었다.**
결론부터 말하자면 사진을 안 하기 위해서 한
전시였다. 더이상 사진이라는 걸 안 하겠다는
선언, 청산, 그런 거였다. 학생이 바깥에서
전시를 한다는 게 용납이 안 되던 시절이라서
학교에선 건방진 놈이라고 난리가 났고,
여기저기서 욕을 바가지로 먹었다. 초점도
안 맞고 온통 시커멓고 구도도 없는 그런 사진
구십여 점을 걸었는데, 사진계 원로라며
전시장에 와서는 지팡이로 사진을 두들겨패고,
'이놈 저놈'거리고 그러던 때였다. 많이 싸웠다.
사진을 끝내겠다고 한 전시가 새로운 투쟁의
길을 준 셈이 되었다.

**그 사진들이 무시할 만한 것이 아니었다는
반증 아닐까?**
곧장 어떤 핵심으로 들어가버린 거라는 생각이
나중에 들었다. 당시 한국 사진이란 길거리
거지 찍고, 스카프 두르고 빨간 우산 들고 고목
옆에서 구도 잡아서 찍던 시절이다. 그런데,
이건 뭐 온통 시커멓고, 지금 봐도 뭐랄까,
래디컬하다. 정보부에서 전시장에 와서
'너는 왜 이렇게 사진이 검냐' 그러던 때다.
미전에 출품할 때 빨간색이 3분의 2 이상이면

접수 자체가 안 되던 시절이다. 내 사진이
'검열의 대상이었다'는 식의 얘기는 아니다.
시대비판적인 작업도 아니었다. 그 시대를 사는
내 심경이었을 뿐이다.

**권부문을 압축하는 말 중에 '풍경'이 앞선다.
풍경은 어떻게 시작되었나?**
입대 얼마 전에 레비스트로스의 『슬픈 열대』
축약본을 만났다. 그걸 읽으면서, 내가 군대에
간다는 문제, 돌아왔을 때 알 수 없는 내가
되어 있을 문제, 땅을 디디고 사는 정체성 같은
것이 복합적으로 내게 뭔가를 요구했다. 고향이
대구고 본이 안동 권가인데, 그때 안동댐을
경계로 위쪽은 수몰되고 하회마을 쪽은 남게
되는 상황이었다. 젊은 날 생각의 랜드마크를
정하자는 생각에 그곳에 가서 사진을 찍었다.
입대 전날까지 찍고 밤에 택시 타고 대구
집으로 와서 밤새 현상해서 필름 걸어놓고

새벽 4시에 왜관으로 입소했다. 휴가
나와서 보니까 필름이 구운 오징어처럼
되어 있었다. 그런 비장한 마음도 있었다.
다큐멘터리라기보다는 카메라로 사회를 해석할
수 있겠다는 호기심이었다. 제대하고 나서
현대미술을 공부하면서 사진이라는 이미지가
가진 의미와 무의미에 대해 굉장히 심취했었다.
그런 생각이 사물을 보는 내 태도를 세우는 어떤
갈등과 불화를 만들었다. 사람이 없는 도시
풍경을 찍는 작업을 오래했다.

**어떤 근원, 처음, 시작되기 전, 원시성 같은 것을
생각나게 하는 작업이 많다. 그야말로 황량한
황무지, 돌과 바위 들, 구름, 밤하늘…… 어떤
풍경을 어떻게 찾아나서는 걸까?**
이런 얘기는 굉장히 좀…… 자칫 신비주의로
들릴까봐 조심하는데, 사람은 자기가 인식하고
살아간 만큼 세상을 본다. 나는 그 문제에
굉장히 치열했다. 사소한 사물이라도 관계를
맺으려면 이해하는 고리가 있어야 하는데,
그렇게 끊임없이 생각하면 이미지적인 꿈이
생긴다. 뭔가를 만나고 싶다거나 뭔가를 봐야
할 것 같다는 꿈을 꾸다보면 결국 만난다.
너무나 절묘하게. 이가 아플 때라야 치과
간판이 보이는 것과 비슷하다. 그렇게 갈망하는

이미지를 만나는 과정 속에 여행이 끼어드는
거다. 각자 마음속에 어떤 파장을 갖고
있었느냐에 따라서 자기 앞의 풍경은 다르게
이해된다. 이 사람은 이렇게, 저 사람은 저렇게.
살아온 만큼 '봐내지' 않겠나. 여행을 계획하고
준비한다기보다는 그 풍경에 관한 이해력을
생활해내는 거다. 그랬을 때 풍경의 에너지가
떨림판을 울리는 게 아닌가 생각한다. 내가
작업을 했다기보다, 내게 일어난 일 같다.

**그래서일까? 당신의 사진 속 풍경은 꽃이
있어도 냉정하다. '내가 거기에 있었다'라는
최후의 한마디만 남겨놓은 듯하다.**
내 경험만큼, 내가 그 앞에 섰던 상황만큼,
내가 이해했던 만큼만 이미지에 드러나도록
하고 싶다. 내 사진엔 사람이 없다. 사람의
자리는 이미지 앞이다. 그들이 보는 이미지에
무슨 얘기를 덧붙이고 싶지 않다. 내겐 그런
권리가 없다. 내 사진은 친절하지 않다.
어떤 이미지가 온전히 자기 몫이 되었을 때의
당황스러움이 있을 것이다. 당황한다는 건
그야말로 바로 그 전의 내가 아닌, 뭔가 변화가
일어난 내가 되었다는 얘긴데, 그럼 작가로서
된 거 아닌가?

그렇다면 사진의 사이즈가 커질수록 당신의
의도에 합당한 것이겠다.
그렇다. 고민이 많다. 가능한 한 육박해오는
이미지가 되길 원한다. 그런데 조금만 커져도
작업 시스템이 다 변한다. 일단 방문을 뜯어야
한다. 안 들어가니까. 트럭도 1톤에서 5톤으로
바꿔야 한다. 그런 걸 감수하더라도 커졌으면
좋겠다. 무한한 시간과 공간을 느끼는 그런
친절이라면 베풀고 싶다.

즉각적인 시선을 끄는 푸른 얼음 사진 말인데,
처음 보고는 사진 맞나 싶었다. 천박한 질문을
하나 하겠다. 도대체 어떻게 찍은 건가?
렌즈보호용 외엔 필터를 쓰지 않는다. 혹시
색온도 조작이라는 오해가 있을 수 있는데,
그걸 조절하면 흰 얼음들이 다 자기 색을 버리게
된다. 조작 없다. 보기에 진짜 그렇게 생겼다.
사진보다 더 화려하다. 지리학적으로 얘기를
하자면 그린란드 남쪽 지역의 특별한 것인데
여름철에 얼음이 녹고 떨어져나가기를 아주
오랜 시간 반복하면서 만들어진 풍경이다.

깊이를 알 수 없는 저 밑의 파란색부터 그야말로
투명에 가까운 블루까지, 마치 당신이 열망했던
어떤 꿈이 겹쳐지고 또 겹쳐진 것 같은

뉘앙스다. 풍경을 직면하고 촬영을 한다는 건
오랜 열망을 지우는 일인가?
어떤 의미에서 굉장한 해소다. 어마어마한
선물이고 작가의 가장 큰 특권일 수 있다. 다만
그 특권을 온전히 전달자 역할을 하는 데 써야
한다고 생각한다. 나는 새로운 걸 발견하려는
강박이 없다. 이해하느냐가 관건이다.

온전한 전달에는 한 가지 과정이 더 있다. 어떤
사진을 취하고 어떤 사진을 버리냐는 문제.
그 순간은 참 어렵다. 꺾는 기분으로 어떤 걸
제외하기도 한다. 너무 좋지만 그게 선택되면
다른 것들을 혼란스럽게 만드는 경우다.
인간도 그렇지 않나? 내가 그룹생활을 안 하는
이유도, 그룹에 들어가는 순간 지고의 선택을
유보하고 절충해야 하는 불화가 생기기
때문이다.

131

당신의 사진 역시 어떤 그룹에 속하진
않는다. 그 흔한 '한국적'이라는 뉘앙스조차
철저히 없다.
김대중 정부 때 자문 역할을 한 기소르망이라는
학자를 만난 적이 있다. 프랑스에서 내 전시를
봤는데 한국적이라고 할 게 전혀 없어서
놀랐다고 했다. 한국에도 동시대 문화가 있다는

여
름

걸 알려야 휴대폰을 팔아도 파는 건데, 맨날 한복 입고 북 치고 장구 치는 것만 내세우면 '어떻게 이런 걸 만들었지?' 의아해한다면서, 나를 모델로 한국의 동시대성을 얘기하고 싶다고 했다. 결국 동시대인으로서의 인식을 발견하는 건 다시 내 과제겠지만.

칸영화제에 출품된 한국영화와 베이징올림픽에 출전하는 국가대표 선수를 거의 똑같이 생각하는 마당에, 당신의 '동시대성'은 어려운 싸움이다.
금방 이익이 오는 길이 있지만 조심해야 한다. 지식인으로서는 굉장히 금기시해야 한다. 우리는 내셔널리스트를 너무 당연하게 받아들인다. 무섭다. 집단히스테리다. 작가라는 사람들조차 프랑크푸르트 북 페어 연설에서 "일본보다 우리가 낫게 해야 됩니다. 아자! 파이팅!" 대체 그런 소리를 어떻게 하나? 그런 거 보면서, 아이고 나도 조심해야겠구나 큰일 나겠구나 그런다.

당신은 '젊은' 작가인가?
쉰셋인가, 넷인가?

'젊은'이라는 말에 슬쩍 작은따옴표를 쳤다.
호기심을 갖지 못하고 고답적인 자기

입장에서 한 치도 나가지 않는다면, 요즘 말로는 보수꼴통이라고 하던데…… 작가는 현재형이어야 한다. 작업 자체가 현재형인가 아닌가가 중요하다. 그렇지 않다면 제조업자일 뿐이다. 올해 부쩍 흰머리가 많이 나긴 한다.

젊은 작가에게 야심을 묻지 않을 수 없다.
이마에 욕심을 딱 붙이고 다니면 위험하다. 사실 나는 이제 시작이다. 예전엔 뭔가 욕심이 떠오르는 대로 다 없애버렸는데, 그러다 보니 무기력해지기도 해서 조금은 필요한 욕망을 축적하고 있다. 전략적인 건 너무 싫어서 못 하고, 조급하게 가지만 말자고 생각한다.

첫번째 관객으로서 당신의 사진이 마음에 드나?
속초 지하 작업실에서 혼자 괴성을 지르고 돌아다닐 때가 많다. 너무 좋아서. 미쳐버릴 정도의 괴성을 혼자서 지른다. 어떻게 이게 나한테 오고야 마는가 같은 필연도 느낀다. 그럴 때 나 자신에게 고맙다.

새로운 작업은?
계획도 많고, 진행중인 것도 많고, 해놓은 거 펼쳐놓을 것도 많다.

부자다.
부자라기보다 부채다. 내 작업은 결국 보는 자의
몫이다. 나는 결제자가 아니라 전달자니까.

**33년 전에 사진을 그만두겠다는 선언처럼
했던 첫 전시로부터, 지금 당신은 어떻게 달라져
있나?**
카메라를 부순 적도 있다. 나를 고양시킬
다른 재료가 있을 줄 알았다. 지금은 사진이
매개체가 아니었다면, 내가 설사 철학자가
되었던들 이런 깨달음이나 삶의 태도를 가질 수
있었을까 생각한다. 앞으로는 사진에게 은혜를
갚는 역할이다. 사진 그만두겠다고 카메라
집어던진 죗값을 치르는 건지도 모른다. 가는
시간을 묵묵히 잘 받아들이려고 한다. 술은
끊지 못했다.

너무 늦은 여름이었을 거야

교토역으로부터 금각사 가는 버스 정류장까지의 동작엔 여느 악
보에서처럼 '조금 느리게' 표시가 있다고 친다. 적어도 병원 복도
를 걸을 때만큼은 느리게 걷는다.

미시마 유키오의 『금각사』를 두 번 읽었다. 두 번 다 뜨거웠다고
기억하련다. 절대적인 것에 대한 두려움은 황홀과 분간이 되지 않
아서 『금각사』에 대해선 침착하게 돌려 말할 자신이 없다. 고백하
는 수밖에.

하지만 고백은 전혀 황홀하지 않다. 약수동 언덕을 다 내려와서
다른 무엇도 아닌 그걸 한다고 고백했을 때, 연애는 갑자기 한쪽으
로 곤두박질쳤다. 당신은 웃었다. "사랑 그거 나도 해. 하하하."

절 입구는 매미 소리가 전류 같았다. 이파리들이 감전된 듯 바르
르 떨었다. 입장권을 끊고 마른침을 몇 번 삼키면 이내 금각이 보
였다. 탄성을 내지도 눈을 감지도 않는다. 어떤 마음을 가지려고
부러 애쓰지 않으려는 마음 정도가 좀 있달까? 그런 부자연스러움
혹은 격식이려니 하는 불완전. 절대적인 것 운운했지만 막상 앞에
선 그러고만 있다. 원하는 건 대화겠지만 그런 건 비누랑 얘기하
는 〈중경삼림〉 양조위나 하라 그래.

헤어지자는 말. 이미 헤어진 거나 다름없었는데 그 말이 꼭 듣고
싶어 그랬는지, 한마디 한마디 한심하고 처참한 말만 골라했던 밤
도 있었다. 상황은 결정적일수록 좋다 했으니 기어이 들었다. "헤

어지자." 잠결의 빗소리처럼 그 말이 반가웠다.

당신에게 『금각사』 얘길 한 적이 있는진 기억나지 않는다. 그러니 금각을 앞에 두고 혼자 있는 나는 당연히 당신으로부터 분리된다다. 등줄기로 땀이 흐르다시피 하는, 그늘 없이 견딜 수 있는 더위가 아니지만, 금각은 그대로 있고, 나는 리넨 재킷을 입고 있었다. 금각은 나를 쳐다보지 않는 대신 늘 거기 있는 쪽을 택했다. 시원하려고, 금각을 등지고 료안지로 갔다. 당신 없이, 금각 없이 거기서 시원했다.

그리고 이름을 썼다

밤이었는데
구름의 운전이 보였다
그런 밤이었는데
택시에서였는데
광교를 지나는 중이었는데
우리는 처음 손을 잡았다
우리는 모르는 사람이니까
거세게 잡았다

Holy 2010, Dijon

오후의 값싼 확신

그늘은 칼보다 깊숙이 들어갔다

가만 보니 라일락이었다

북소리가 나는 곳은 건물 너머 낮은 숲

비탈로 들국화, 지붕엔 셔틀콕

모조리 구름

계절은 결코 너에게 닿지 않을 것이다

3월에　고백했는데　지금은　9월

자리에 앉으려는데 후배가 시 ⇒ (김재훈 「공허의 근육」) 를 하나 보라기에 봤더니

첫 구절이 저와 같아서 기분과 마주쳤다.

이제까지는 없었다는 듯이

발명되었다는 가설로서

하지만 그런 것쯤 쉽게도 잊고

오후엔 다시 벤치에서

가을이 먼저일까

가을비가 먼저일까

그래도 9월이다

by 강산에, 라고

메시지를 보냈다.

어차피 못 알아들으니 무슨 상관이람.

가을은 가을대로 개인의 쇼핑백만큼

나무는 나무대로 저만큼

그게 3월이었다는 얘기에

생각나지 않는 것들이 그립다, 쓰고 말았지만

가을은 가을대로

나무는 나무대로 갈 길이 더 있다.

잠자리 둘셋의 투명을 보건대.

으름을 알다

추석에 본 송이 속 알밤은 어찌나 맑은지
거기에 뭔가 고였다 해도 믿었을 것이다.
운전은 내가 반 큰누나가 반
가야곡 삼전 가는 길은 멀지 않았다.

성묘하고 숲으로 더 들어가 으름을 찾았다.
헤벌쭉 입 벌린 것들을 특히 찾았다.
그걸 혀로 수북이 꺼내는 맛
그 전에, 그 허연 걸 눈에 선하도록 맞는 맛.

하나만 툭 불거진 놈
네가 그만큼이면 나도 이만큼이라는 두 놈
어쩌다 셋씩이나 붙은 놈
그것들의 뻗대는 힘
하지만 가지를 나란히 고무밴드로 튕겨놓고
하루면 쭈글쭈글해지겠지.

추석 지나고 보름이 말미라
광장시장 정문 앞
다래며 산초며 철마다 산과실이 오는 노점에

지금이면 허옇게 번 으름이 양은쟁반에 쌓였겠지.

먹기에 좋진 않으니
그건 으름의 안간힘
원으로 먹을 갈다 말고 으름 두 개를 눌러보았다.
너의 1년이었니?

으름을 찾다, 과꽃을 대하다

2011, Gimpo

2007, Antwerp

2011, Gayagok

2003, Antwerp

2009, Coimbra

2009, Oostante

2011, Seoul

2011, Busan

2006, Bologna

2004, Nonsan

2009, Coimbra

2007, Amsterdam

머스크

피렌체에 관한 편견은 리들리 스콧의 〈한니발〉에서 비롯되었다.
닥터 한니발 렉터가
단테를 인용하며
파치 형사의 배를 갈라 시뇨리아 광장에 내던지는 장면에서
우린 전율했었지.
아름다웠으니 불편할 것도 없이

새벽에 지하 클럽에서 나오니 비가 내리고 있었다.
비는 이미 오고 있었다.
묵직한 철문이 닫히자 공중은 귀머거리.
광장은 비었는데
누구의 것도 아니었다.

석상 밑에서 향수를 뿌렸다.
렉터의 머스크
재킷의 모든 단추를 잠그고 시뇨리아 광장을 떨며 가로질렀다.
빠져나오지 못했다.

빠흐동

디종에서 남쪽으로 20여 킬로미터 떨어진 마을의 이름이 무엇인지 묻지 않았으므로 기억에
\[없\]다.

거기서 가을밤을 보냈는데, 큰 나무 밑에서 나는 토하고 있었다.

큰 나무 밑으로 간 건, 어두울망정 그래도 뭔가 은신하려는 부끄러움 때문일 텐데

갑자기 중닭만한 흰 것이 푸드덕 날아가는 바람에 토하다 말고 빽 소릴 질렀다.

3층짜리 농가 주택의 주인 이름은 가스파르였나 마티스였나

그가 지하 창고로 일행을 안내했고

라 타슈 91년산을 열었다.

콜라 캔을 따듯 그 동작이 하도 거침없기에 박수를 치고 말았다.

그 성대한 환각의 자리에서 하필 나는 오후에 먹은 코코뱅 때문에 작은창자가 뒤틀리고 있
\[었\]다.

일행 중 하나가 이 냄새를 어쩔 거냐며 잔을 내밀었을 때

나는 빠흐동

밖으로 뛰쳐나가 큰 나무에게로 갔다.

허리가 꺾일 듯 악을 악을 쓰며 토하는데도

코끝을 할퀴는 매캐한 냄새가 좋아서

모든 건 그러려니 해야 하는 걸까, 생각했다.

다음날 파리로 갔다.

파리는 독하고 흐렸다.

풍경 따라가느라 기분은 순탄치 못했다.

몽소 공원 몸소 뭉개지는 소리 하고 있네,

볼로뉴 숲에서 도토리묵 쑤는 소리 하고 있네,

뱅상 숲에서 뱅뱅 시에프 찍는 소리 하고 있네,

못된 소리만 메모장에 적어놓다가

몽파르나스에 에릭 로메르가 묻혔다는 걸 떠올리고 그리로 가려 했다.

하지만 가지 않았다.

그의 묘비에 '에릭 로메르'라고 쓰여 있지 않다는 것이 이유라면 나는 나쁠 텐가?

튈트리에서 10유로 지폐를 주웠다.

고민할 것도 없이 꼴레뜨나 갔다.

꼴레뜨나 가지, 뭐하는 거니 대체

댄 콜렌의 자전거 무덤이 우두커니 전시되어 있으니 분위기가 더 났다.

내친김에 가고시안까지 걸었다.

런던이든 파리든 가고시안 하면 덩치 큰 '기도'가 생각난다.

전시는 마지막 사이 톰볼리였는데,

오렌지색과 노란색을 보았다.

팔레 드 도쿄까지 또 걸었다.

바스키아 전시 입장 줄이 100미터는 되었다.

이번엔 버스를 탔다.

문이란 문은 죄다 닫혀버린 한밤중의 마레에서

다음엔 여기에 묵어도 좋을 거라는 싸구려 호텔 이름을 적어왔다.

서울의 냉장고엔 루 뒤몽 뫼르소와 미셸 피카르 샤샤뉴 몽라셰가 들어 있다.

년산도 제법 끝내준다.

하지만 저런 거 있으면 뭐해, 외롭기나 하잖아?

아는 건 뭐, 다 괜찮을 거라며 윷이나 노는 정도?

네 모, 윷, 걸이면 한 방에 다 끝나지.

빠흐동,

수법이었어 ⇒ (이종진의 시「섬」중 한 구절) .

La Divina Commedia

2001, Venice

2010, Vosne-Romanee

2009, Firenze

2009, Firenze

내   책은   오래되었으나

이상 『권태』 1977, 동서문화사

　이상은 스물여덟에 죽었다. 도쿄에서. 『권태』의 이상은 계속 거
처를 바꾼다. 산촌에선 무기력해질 대로 무기력해져서는 간신히
도회의 친구에게 편지를 쓰고, 도시에선 더 큰 것에 대한 욕망과
적개심과 동경으로 치닫는다. 이미 알고 있는 것과 어서 겪어야 할
것이 별만큼인데, 밤하늘을 쳐다보면 별의 말도 들린다. 하여 그
는 괴로운가? 행여 행복한가? 이상의 시와 소설이 어떻게 해서든
극단이라면 수필은 그림자와 같다. 『권태』를 읽으면 이상에 대한
이상한 선입견이 증발하지만 대신 불안이 온다. 얼굴이 굳는다.
어쩔 수 없이.

이제하 『초식』 1973, 민음사

　멋쟁이 이제하의 소설을 읽으니 '멋쟁이들의 세계사'라는 말이
자연스럽다. 『초식』은 그의 첫 창작집. 스무 살에 발표한 시로 미
당의 추천을 받았지만 첫 책은 서른여섯이 되어서야 나왔다. 단편
집 『초식』에 등장하는 인물은 온통 일탈과 광기에 노출되어 있다.
그것은 체험과 치기와 학습과 겉멋을 구별하지 않는다. 두텁고 진
하게 표현하는 수밖에 없는 순수도 있는 것이려니. 그가 직접 만
든 이 책의 표지를 뭐라 말하면 좋을지 생각하다 LC-1 카메라를
꺼냈다.

2009, Seoul

2010, Seoul

2008, Jangheung

2011, Imsil

2010, Seoul

2007, Antwerp

2011, Seoul

2010, Damyang

2008, Jeju

2010, Paris

2009, Antwerp

아이돌

이상은. 1970년생. 1988년 데뷔

누나 안녕하세요.
어, 안녕. 낮술이나 마시자. 너는 비즈니스 해.
나는 마시면서 얘기할게.

누나는 술을 언제부터 마셨어요? 〈담다디〉를
술 마시며 불렀다는 생각은 안 들어요.
나? 스물두 살 때. 미국 갔을 때. 술이 그냥
땡기두만! 영어는 안 돼, 외로워, 〈언젠가는〉이
내가 최초로 술 먹고 부른 노래지. 뭐 그냥 취중
인터뷰로 하자. 절대로 딴 데선 얘기 안 한 거
다 말할 테니까. 브라자 사이즈 이런 거 다
물어봐.

근데 벌써 녹음 시작했어요.
뭐? 어우 야아!

(암전)

이상은의 팬으로 보낸 나의 시간과 이상은의
시간을 겹쳐보고 싶다. 어쩔 수 없이 옛날
얘기를 많이 할 것 같다.
그래서 내가 지금 술을 급하게 마시는 거 아녀.

이맘때 날씨면 관제엽서 20장쯤 사던 저녁이
생각난다. 1993년 봄, MBC 〈여러분의

인기가요〉에서 〈언젠가는〉이 발라드 부문 1위를
했다. 겨루던 곡은 김현철, 이소라의 〈그대
안의 블루〉와 나현희의 〈사랑하지 않을
거야〉였다. 엽서 20장을 독서실 친구들에게
나눠주고 〈언젠가는〉을 써서 취합한 다음
우체통에 넣었다. 봄은 내게 이상은이
〈언젠가는〉을 불렀던 계절이기도 하다. 그때
얘긴 잠시 미루기로 하고, 이상은이 TV에 나타난
1988년. 나는 중학교 1학년이었다. 뭘 알았겠나
싶지만 웬걸, 다 알았다. 모르는 거 빼고.
나도 처음 한 6개월은 정말 재밌었어. 우와
세상에 이렇게 재미있는 일이 있나? 그러다
문제가 어디서 발생했느냐면, 나는 그때
방송국에 우리 과 애들을 데리고 다녔다고.
매니저 아저씨들 너무 무서워, 계약하기 싫어,
집에서 전화 받고 스케줄 잡고 그랬어. 우리 과
은경이라고, 걔가 나 옷 입는 거 다 참견하고
그랬지. 무슨 얘기냐면 옛날에는, 60년대든

70년대든 80년대든 한국이든 미국이든 간에,
만약에 가수가 있다면 그 주위에 친구들이 함께
있었다는 거야. 비요크가 백조 드레스를 입고
나와서 "이거 친구가 만들어준 거예요" 하는 게,
아티스트 주변엔 그렇게, 이 사람은 사진가,
이 사람은 소설가, 이 사람은 패션 디자이너,
그렇게들 모여서 서로서로 아이디어와 영감을
주는 건데, 아이돌 시스템은 온통 상업적
이유로 구획된 인물들만 의도적으로 포진되어
있잖아. 어떤 아이디어나 생각이라는 게 나 혼자
닭장에서 알 낳는 것처럼 될 수는 없는 거거든.
자연스럽게 여행도 가야 되고 친구도 만나야
되고 친구가 준 음반도 들어보고 그래야 하는데,
6개월쯤 지나니까 애들은 학교로 돌아가고,
나는 어설프게 프로의 세계로 들어가야 했던
거지. 온통 뜯어먹으려고 덤비는 사람들.
마치 그 뭐냐, 피라니아떼처럼! 사방이 그렇게
변해버리는 순간, 내 영감의 근원이랄까,
그런 게 다 없어져버렸어. 나는 빡세게 이걸
해야 해, 하면서 나를 우겨넣었어. 친구는
없는데 문 열면 팬들만 있었어. 아이고,
중학생 애들 모여 있는 거 봐봤자 뭐해, 그냥
황폐해지지. 유투를 들어봐 아하를 들어봐
그러던 친구들로부터 내가 이렇게 되었다는 걸
누가 알겠어. 그냥 이상한 애 있으니 쟤로

돈 벌어보자 덤벼드는 사람뿐인데.

〈담다디〉 이상은이 안개꽃 들고 나와 〈Happy Birthday〉를 부르는 모습이 1집의 시작이었다. 기획사 입장에선 일종의 반전을 노린 의도였다고 본다.
촌스러워요, 이건 싫어요, 나는 계속 그렇게
말하고 싶었지만, 촌스러우면 어떡할 거야.
이미 계약서에 도장 찍었는데. 내가 뭘
할 수 있는 사람이 아니었어. 정말 모든 게
촌스러웠어. 이를테면 엔지니어 아저씨한테
잘 보여야 되는 거야. 안 그러면 목소리에
필터도 안 걸어줘. 쓰레빠를 이렇게 막
신겨드려야 돼. 뭐랄까나. 인도? 거의 인도지
인도. 촌스러워도 후져도 이렇게 참을 수밖에
없나? 앨범 두 장을 냈는데, 내게 온 건 불명예,
치욕. 내가 왜 이런 족적을 남겼을까. 미칠 것
같았어. 결국은 뭐 도망갈 수밖에. 나는 지금도
수틀리면 도망가. 오죽하면 내가 작곡을 배우고
싶었겠니.

〈글쎄 침묵을 지킬 수밖에〉는 도저한 세련미가 있다고 본다.
다행이다야. 논산에선 그랬나부지? 하하.

그해 여름 이규형 감독과 영화 〈굿모닝
대통령〉을 찍었다. 나는 중2 때 수학여행을
경주로 갔는데, 주제곡인 〈내일이 찾아오면〉을
버스에서 불렀다.
그때 외국에 처음 나간 거지. 너무 좋았어.
사실 연기력은 전혀 없었지만, 극중 인물과
동화가 됐던 건 사실인 거 같아. 그렇게 내
인생이 풀리기도 했고. 여행을 통해서 세상과의
거리를 찾아왔달까.

다녀와선 바로 〈아오아오아〉를 발표했다.
싱어송라이터 이상은의 첫 작사 작곡.
이 시스템에서 자유를 얻는 것은 작곡뿐이라고
생각했어. 정말 잘할 것 같았지만 실제로
내 실력은 그것밖에 안 되는 거였지. 나는
노력파야. 얼마나 노력했으면 지금이 됐겠니.
안 그래?

1989년 12월에 낸 2집 〈사랑할 거야〉를
지금 생각해보면 상업성을 밀어붙이다 못해
가수를 학대한 수준이었다고 본다. 앨범
제목이 '성대결절'이라면 정확하겠다. 더구나
그 목소리로 캐롤집까지 같이 냈다.
목소리가 거의 안 나왔지. 인도였다니까.
뭘 더 바라. 근데 나는, 2집이 그런 식으로

내게 상처를 줬기 때문에, 다음이 가능해진
부분도 있다고 생각해. 녹음하다가 너무
화가 나서 다시는 이렇게 못하겠다, 이건
치욕이다, 다 정리하게 만들었으니까.

연말 기분과 함께 구입한 그 앨범에서 첫 곡
〈사랑할 거야〉가 나오자 나는 소리를 질렀다.
너무 좋아서.
나는 그걸 듣고 너무너무…… 참 많이 울었지.

그때 이정현과 〈젊음의 행진〉 MC를 했다. 매주
한 번씩은 고정으로 이상은을 볼 수 있다는
즐거움. 지금 들어도 그 노래는 1989년 12월부터
1990년 3월 사이를 정확히 재생시켜준다.
아름답다고 느낀다.
난 너무 지쳐 있었어.

지쳐 있는데, '핫도그기타' ⇒ (〈사랑할 거야〉 활동
당시 핫도그를 튀기는 기름통에 달린 온도계 같은 걸
전기 기타에 마구 붙여 만든 소품을 들고 나왔다) 같은
건 왜 만들었나?
지겨워서.

그러다 MBC FM 〈밤의 디스크쇼〉를 하면서
어떤 어둠이 보이기 시작했다. 나는 중3이

되었는데, 한번은 청취자 사연에 이런 게
있었다. 다리가 못생겼다고 생각한 여자애가
좋아하는 남자에게 다리를 보이기 싫어서
버스에서 일부러 늦게 내렸다고, 앞으로
어떡하면 좋냐고. DJ 이상은은 이렇게 말했다.
"유치하네요." 순간, 뭔가 굉장히 불편했다.
그러나 곧 팬으로서 안정감을 찾았다. 이상은은
이렇게도 얘기할 수 있는 사람이다!
하하.

세상엔 얼마나 유치한 게 많았던가!
이렇게 정리.
문제가 많았네.

그때 이상은은 머리에 물을 들였다. 흰머리 검게
만드는 염색약 광고는 있었어도, 거의 탈색에
가까운 노란 앞머리를 한 건 연예인 중에도
처음이었다. 왜색이라느니 그런 말이 돌았다.
힘든 마음을 그렇게라도 푼 걸까?
그렇지 그렇지. 사실 나는 고등학교 3년
개근상을 받았어. 그런 어떤 성실한 면이 있고,
들어오는 일을 펑크 안 내고 다 해내는
애였다고. 하지만 속으로는 점점 반항심이
생기는 거지. 근데 주변 가수들은 반항심을
전혀 드러내질 않더라고. 나는 그렇게라도

반항심을 드러낸 거지.

어떤 건전함이라는 잣대가 확실히 있었다.
여자가수 인기순위를 조사하면 '나의 이상은'은
항상 2위였다. 1위는 이선희. 고정불변.
사실 외모 때문에 PD들의 보이콧도 있었어.
쟤는 도저히 1등을 시켜줄 수 없다 이거지.
나중에 미안했다고 사과하는 분도 있었어.

만년 2위라는 어떤 '화'를 풀 수 있었던 건
이상은이 똑똑하다는 사실로부터였다. 나는
그걸 무기로 주위 여러 세력과 싸웠다.
〈가족오락관〉에 나와 스피드 퀴즈를 내는데
단어 선택이 너무 지적이었달까? 호남평야를
설명하는데, "대한민국 제1의 곡창지대로서
전라도 지방에 넓게 펼쳐진……"이라고
설명하던 모습 아직도 뚜렷하다.
으하하, 어떻게 그런 것까지 기억을 하시는지.

왜 기억을 못하겠냐 되물을 수밖에.
이상은은 나의 우상이었다.
아, 네.

〈밤의 디스크쇼〉는 1년 정도 했던가?
1년 정도 했어. 근데 결정적으로 나 혼자

고민하던 것들을 피크에 다다르게 만든 게
'밤디'였어. 라디오와 TV가 너무 다른 게,
TV는 퀴즈 프로그램 PD라도 언젠가 쇼
프로그램 PD를 할 수 있으니 나가는 게 좋다
그러면, 네 나갈게요, 그런 느낌인데 라디오에
딱 갔더니 분위기가, 음악성이랄까? 그렇다고
힙스터 느낌은 아닌, 바비 맥퍼린이 나오고
어떤날이 나오고 그랬어. 절대로 나한테
프로그램을 맞춰주지 않았어. 몰랐던 음악을
되게 많이 들었지. 그때가 실은 대한민국
창작음악사의 르네상스였어. 어떤날, 들국화,
유재하가 함께 나오는 시기였다고. 그분들이
전부 초대손님으로 나오는 거야. 편지나 엽서도
애들이 없어. 작가가 송지나씨였어. 리드
멘트도 너무 어른스럽고. 초대손님과 인터뷰를
하는데, 음악에 대해 내가 뭘 모르는 거야.
어떡해, 다 어른이고 나 혼자 스무 살. 매일매일
죽을 맛인 거지. 모르니까. 한번은 한영애
선배님이 복도를 가는데 PD들이 이렇게
인사를 하는 거야. 그때 내가 내린 결론은
저 사람은 예술가라서 그렇구나, 였어.
자기 작품으로 존중받는구나, 딱 깨달았어.
아이돌인 나는 어떤 건널 수 없는 강을 건너야만
하겠구나. 라디오가 나를 완전히 바꿨지.
하여간 방송 끝나고 집에 가면 날마다 울었어.

자존심도 상하고 나는 어떻게 해야 하나,
베개가 다 젖도록 울었어.

『주니어』『하이틴』『여학생』『포토뮤직』
『뮤직라이프』등 5대 유력 매체에서 '이상은
유학'은 몇 달 동안 톱기사였다. 그런 한편으로
〈그대 떠난 후〉를 부르는 황홀한 무대도
이어졌다. 지금도 내가 가장 좋아하는 이상은의
이미지는 1990년 여름부터 가을까지 몇 개월
동안의 것이다.
난 시간이 필요했어. 박수칠 때 떠나자, 지금은
생각이란 걸 해보자, 그랬지. 무책임하다느니
그런 말 많이 들었는데, 팬들에 대한 책임감은
사실 지금도 없거든? 모두 각자의 인생을 사는
거지.

1990년 늦가을에 이상은은 사라졌다. 그리고
1991년 10월 3집을 들고 돌아왔다. 나는
고등학생이 되었고 팝송을 듣기 시작했다.
〈배철수의 음악캠프〉토요일 코너 '아메리칸
탑 40'를 한 번도 거르지 않았다. 3집이 나오기
전, 어떤 텔레비전 프로그램에서 이상은의
어머니를 인터뷰했는데, 어머니께서 "러시아
풍의 댄스뮤직이 독특해요"라고 말씀하셨다.
으하하하.

'러시아 풍의 댄스뮤직'이라는 말을 처음
들었을 때의 흥분. 〈그대 떠난 후〉는 저리 가라
할 만큼 끝내주겠지?
어떡해!

논산 시내에 3집이 나온 날, 나는 가을소풍을
갔다가 김밥 먹고 체해서 조퇴를 했다. 소풍
가서 조퇴를 하다니. 아픈 배를 움켜쥐고
'소영멜로디'라는 레코드가게에 갔더니, 묻기도
전에 주인 누나가 "나왔어!" 덥썩 LP를
안겨줬다. 흰색이었다. 집에 와 차가운 방바닥에
누워 그걸 들었다. 〈영원히〉가 시작될 때,
쪽창으로 하늘을 봤다. 선명하다. 가을이
온다는 건, 〈영원히〉를 듣던 그런 날씨가 된다는
뜻이기도 하다.
유학 떠나서 처음엔 계속 쉬었어. 한달 내내
코피가 나더라고. 뭔가 풀렸던 거지. 친구네
부모님 집이 뉴저지 근처였는데, 너무 조용하고
좋은 곳이었어. 몸이 좀 추슬러지더니 완전히
낫고 나서는 세탁소 일도 돕고 주일학교 애들도
가르치고 고요한 세상을 만났지. 그랬더니
좀 심심해지더라고. 빌리지 보이스에서
편곡자를 찾았어. 쉬면서 작곡은 해봤거든.
허밍으로 녹음한 걸 악보로 풀어줄 사람이
필요한 거야. 편곡자 리스트에서 "발레음악을

합니다"라고 자신을 소개한 탐 서멘스키라는
사람에게 연락을 했어. 브롱스에 있는, 아
브롱스 컴컴하지. 그 사람이 나더러 "오, 리!"
막 이러면서 자기 친구들 불러다가 녹음하고
그랬어. 그렇게 무사히 녹음을 마쳤지. 정말
가슴이 떨리고 심장이 찢어지는 줄 알았어.
너무 좋았어. 진짜 내 얘기를 했다는 생각에,
뭔가 아주 솔직한 얘기를 한 것 같은.

익숙하게 알던 '이상은'을 기다린 팬들에게
3집은 낯설었다.
그래, 정말 안 팔렸으니까.

쇼 프로그램에 나와서 〈더딘 하루〉를 부르는
동영상이 유튜브에 있다. 얼마 전에도 그걸
봤다.
빤빤하게 젊었지.

1992년이 되었고, 커다란 반바지에 프랫
인스티튜트 학생증을 목걸이처럼 달고는 4집을
갖고 왔다. 굉장히 반가웠던 기억이 난다.
일단 댄스뮤직이었고 그건 내가 익숙하게 알던
이상은의 모습과 비슷했다.
양희은 선배님이 어느 날 "상은아 뉴욕에
내 후배가 있는데, 얘랑 해봐" 해서 찾아갔더니

장비가! 그런 시스템 처음 봤어. 그게
김홍순씨였지.

나는 고2였고, 처음 이상은을 실제로 만났다.
대전 MBC 공개홀 분장실에서. 이상은이
분장실에 딱 들어서면서, 이상은의 목소리로,
"남자애 어딨어?" 했다. 이게 그날 찍은
사진이다.
으하하하. 어 이거 보니까 정말 기억날 것 같아.

그날 그곳에 모인 애들과 4집에서 무슨 노래가
좋냐는 얘기를 했다. 여자애들 대부분은
〈잃어버린 시간〉이 좋다고 했다. 나만 혼자
〈너와 함께 있는 이유〉가 좋다고 했다. 이상은은
내게 "너 팝도 듣니?" 물었고, 그때 갓 데뷔한
보이즈 투 맨을 좋아한다고 답했다. 그랬더니
이상은이 "너 음악 좀 듣는구나!" 했다.
하하하.

거의 감격을 했다. 내 우상이 나를 인정해줬어!
으하하.

그해 겨울 곧장 5집을 발표했다. 제작자가
서세원씨였다.
그분 댁에 초대받아서 갔는데, 인테리어가

너무너무 예쁜 거야. 막 세련이 막.
우리나라에도 이런 어른이 있구나. "네가 미국
가서 만든 음악 들어봤는데, 다음 음반을 내가
만들면 안 될까?" 하셨어. 나는 뭐, 감각 인정!
사실 내가 어른들에게 느꼈던 슬픔이나 짜증은
거의 감각 문제였어. 근데 그때 내 딴에는
그 양반에게 촉이 있다고 느꼈지. 그럼 한번
해볼까요? 전 일단 학교를 다니고 있을게요.
그래 학교 다니고 있어라, 너에게 맞는 편곡자를
미국으로 보낼게. 일을 진행하는 방식과 촉이
다 마음에 쏙 들었어. 그리고 곧 안진우씨가
뉴욕 900스튜디오로 왔어. 안녕하십니까?
이상은씨, 여기가 900스튜디옵니까? 준비를
같이 했지. 근데 그 양반이, 상은씨 다 좋은데
한 곡 정도는 나랑 같이 작곡을 하면 어때요?
솔직히 말할까? 상은씨가 멋대로 작곡하면
안 팔려. 좋은 아저씨였어. 무슨 이유가 있다고
느꼈지. 내가 코드를 좀 만들어봤으니 가사랑
멜로디를 상은씨가 붙여봐요. 그러다 나온 게
〈언젠가는〉이야. 나 혼자서 막 우유에 빠진
개구리가 그걸 버터로 만들려는 앨범도
있었고, 도움을 받고 다음으로 넘어가는 단계도
있다는 생각도 들어. 너무 상업적이 되지 않도록
해줄게, 밸런스를 잘 맞춰볼게, 그 말을 믿었어.
한국에 왔더니 이미 서세원씨가 세팅을

가을

다 해놓은 거야. 주요 프로그램 PD 다
구워삶아놨고, 매니저 기다리고 있고, 자동차
뽑아놓고, 코디네이터 붙어 있고. 그런데
정신차려보니, 내가 정말 이런 환경이 갑갑해서
떠났는데, 내가 코미디를 막 하고 있는 거야.

SBS에서 휘트니 휴스턴 분장하고
〈보디가드〉 찍고.
맞아, 그랬지. 내 멋대로 만들면 안 팔린 경험이
있었잖아. 안 팔리는 게 두 장은 그렇다 쳐도
세 장까지 그러면 위험해. 팔렸다가 내 멋대로
했다가, 아직까지도 그렇게 해온 것 같아.
어쨌든 백 프로는 아니지만 내 언어로 이야기한
게 예전만큼 반응이 오니까 고마웠지.

나는 고3이었다. 〈언젠가는〉을 부를 때의
이상은은 '패셔너블'하다는 표현이 어울린다.
그중에 옷핀을 이용해 만든 이런저런 액세서리를
하고 나왔는데, 지난해 리카르도 티시의 지방시
컬렉션의 핵심 디테일이었다.
하하.

5집 〈언젠가는〉과 6집 〈공무도하가〉 사이는
간극이 가장 넓게 느껴지는 시기다.
사실 3집을 낸 후부터 일본 구마모토에서

어떤 활동을 하고 있었어. 그쪽에
크로스비트아시아라는 민간문화운동단체가
있는데, 아시아의 문화를 일본에 소개하자는
취지의 모임이었어. 일본이 너무 서양 것만
보니까. 거기서 강산에씨랑 종로학원 같은
데 모여서 노래하고 이러면서 이쪽 시스템의
어떤 답답한 부분을 푸는 것도 있었지. 그런데
어느 날 나를 그 단체로 이끌어준 강신자씨가
"상은이? 도쿄에서 연락이 왔어." 그러는
거야. 그 언니가 내게 비요크를 처음 알려준
사람인데, 엄마같이 많은 걸 가르쳐주셨어.
우리가 하는 일이 소문이 나서 어떤 회사에서
같이 해보지 않겠냐고 연락이 왔다는 거야.
나는 뭐, 좋죠! 했지. 갔더니, 와다 상 ⇒ (이즈미
와다, 프로듀서로 이상은의 〈공무도하가〉〈The
Third Place〉를 프로듀스했다) 이 계셨어. 여기로
치면 청담동 같은 곳에 스튜디오가 있는데,
도쿄에 살면서 매일매일 한 곡씩 작곡을 해라,
알겠다. 잠깐 학교에 가야 한다, 갔다 와라.
일본이 버블경제일 때였어. 어마어마한 프리
프로덕션을 한 셈이지. 뉴욕에서 롯폰기에서
완전 엄청나게 투자를 받았지.

이상은의 무엇을 본 걸까?
3집과 4집이 좋았다고 했어. 4집 같은 경우는

『재즈라이프』에 실리기도 했고. 글쎄, 내겐
일본에 산다는 자체가 충격적이었던 것 같아.
도쿄에서 산다는 거. 알 수 없는 동양적인
세계에 대한 충격이 있었어. 너와 나의 공통이
뭘까. 나는 가만 보면, 어른들하고만 함께 있을
때가 있고, 또래들이랑 막 어울릴 때가 있고,
훨씬 어린 애들이랑 놀 때가 있었어. 그럴
때마다 작품도 행보도 달라졌던 것 같아. 나는
이제 그걸 아주 자연스럽게 가고 싶어해. 절대로
시스템 안에 들어가서 살면 안 된다. 이렇게
롤링 스톤 하면서 자기가 계산하지 못한 만남이
생기고, 영역이 바뀐다, 그렇게 살아가는 거다,
그러지 않으면 의미가 없다, 그런 거지. 6집을
만들 땐 온통 어른들과 함께였고, 나는 도쿄에
살면서 뭔가 이제까지 하지 못했던 다른 생각을
시작했던 것 같아.

**95년 늦가을 나는 군대영장이 나왔다.
서태지와 아이들 4집 〈컴백 홈〉과 이상은 6집
〈공무도하가〉는 내게 '마지막 노래'라는
뉘앙스가 있다. 훈련소 유리창을 닦으며
그 노래들을 떠올렸다. 하지만 요즘 새삼 6집을
들으면 완전히 미쳤구나, 중얼거린다.**
그게 있지. 맛이 완전히 갔었지. 나도 잘
안 들어. 너무 자극적이라 피곤해.

1998년 제대를 했고 서울에선 '테크노파티'가
시작됐다. 다른 말보다 '테크노파티'라는
말이 어울리는 시기였다. 그쯤의 이상은은
이런 말들과 함께였다. 어어부, 황신혜밴드,
도시락특공대, 황보령, 섬, 김기정,
아이스자이트, 살바……
맞아, 나는 서울로 돌아온 거지. 그것도 굉장히
황폐한 서울. 일본과 비교했을 때 젊은 사람들의
문화가 너무 없고, 인디들은 너무 가난하고 너무
고생하고. 홍대에 모여 있다는데 너무 힘들고.
일본에서 공주님처럼 잘 있다가 나왔더니 더
그렇게 보였나봐. 어쨌거나 친구가 필요하니까
어떡하지? 하다가 네가 말한 그런 분들과
대화를 나눴더니 너무 재밌고 좋았어. 하지만
서울은 정말 척박하구나. 〈공무도하가〉 앨범이
거의 5천 장도 안 팔렸어. 일본 회사 입장에선
좀 팔릴 거라고 생각했는데, 진짜로 한 1년
안에 5천 장밖에 안 되니까 미안하지만 한국으로
돌아가달라고, 일단 투자가 리쿠프가 안 되니
힘들어서 돌아온 참이었어. 그랬더니 엄마
아빠는 양수리에 계시니까, 서울에서 나는
아, 거지가 됐구나. 집도 없고 절도 없고
눈 떠보면 인사동 섬이라는 카페 방에서 자고
있고 거기서 밥 얻어먹고 길바닥에서 공책 팔고
완전 거지가 되었는데, 매일같이 친구들과

가
을

만나서 일종의 데모를 하는 거지. 그때
삐삐롱스타킹이 카메라에 침 뱉고 그럴 땐데.
근데, 그 와중에도 누나의 습관! 앨범 낼 때가
된 거야. 뭔가 임신을 한 거야, 애가 나올 거
같아. 표현을 해야 되는 거야. 그때 만삭은
대한민국의 척박함이었거든. 대충 계약하고 돈
없고 시간 없으니까 한 달 만에, 대강할 거면
아예 로파이로 합시다, 다케다 상 ⇒ (다케다
하지무, 음악가로 이상은과는 〈공무도하가〉부터
계속해서 작업을 함께해왔다) 이랑 둘이, 제가
입으로 노래할 테니까 아저씨가 알아서 기타로
치세요, 그러면서 대충 즐겁게 만든 게 7집
〈외롭고 웃긴 가게〉지.

**내가 이상은이라는 이미지를 수집한 건 딱
그때까지였다. 그즈음부터 이상은이 안 멋있어
보이기 시작했다. 갑자기 그렇게 된 건 아니고
자연스러웠다. 나는 곧 스물다섯이 되었고,
이상은은 서른이 되었다.**
누나는 그때 또 지쳐 있었어. 쉬고 싶다, 계약
때문에 의무감으로 해야 하는 거 너무 힘들다,
회사수익 창출을 위한 회사원이 된 느낌이랄지,
뭔가 빠져나오고 싶었어.

8집, 9집, 10집, 11집, 12집 다섯 장의 앨범이

나오는 동안, 그저 나왔다는 정도를 알고
지냈다. 그리고 이상은은 그때 진한 연애를
했다. 나도 그쯤에 했다.
그랬니?

**헤어지고 〈삶은 여행〉이 들어 있는 앨범이
나왔다. 그 노래에서 이런 말을 들었다.
"우리는 자유로이 살아가기 위해서 태어난걸."
순천에서 여수로 운전하다가 그걸 듣는데,
갑자기 눈물이 났다. 301번 시내버스에서 울컥
치밀어올라 꽉 참았던 기억도 있다. 이별과
사랑에 대한, 혹은 아침에 눈을 뜨는 것에 대한
거의 유일한 한마디로 들었다.**
실연을 하고 너무 아팠지. 도저히 뭘 어떻게 할
수가 없었어. 그러다 오키나와로 가서 바다를
보고 있는데 이게, 치유가 되네. 〈공무도하가〉
때 이후 처음으로 와다 상을 다시 만났지.
이번에 와다 상이 총대를 메세요. 네가 싫어하는
모든 음반은 와다 상이 손을 안 댄 음반이야.
근데 나는 와다 상이 너무너무 피곤하고 너무
무서웠어. 그 아저씨랑 한 번 작업을 하면
5년 정도는 안 보고 싶어져. 사람을 완전히
죽여놓으니까. 〈공무도하가〉 때도 사실은
이를 갈았다고. 너무 스파르타니까.

스파르타?
중요한 얘긴데, 요즘 나는 음모론 공부가
취미야. 되게 많이 들여다보고 있어. 뭐 궁금한
거 있으면 나한테 다 물어봐. 유대금융자본과
월스트리트. 일루미나티와 프리메이슨과 레이디
가가 다 물어봐. 음, 한번 생각해봐, 브라이언
이노가 콜드플레이라는 애들 데리고 음반작업을
할 때, 그 분위기가 소프트할 것 같아, 살벌할
것 같아? 우스운 이야기지만, 사람은 매우
중요한 일을 할 때는 살벌해지는 습성이 있어.
그게 너무 지독하게 오면 도망치고 싶은 습성도
있지. 이제껏 살면서 가장 살벌한 분위기를
만드는 사람이 와다 상이었어. 나도 내 텐션을
매우 높인 때도 있고, 요 정도에서 멈춘 적도
있고, 3집 4집처럼 뚝 떨어져서 하고 싶은 거
한 적도 있고, 내 맘대로 왔다갔다했잖아.
그때그때마다 표현하는 거지, 기다렸다가
게이지가 높은 것만 보여주는 스타일이
아니거든? 표현을 안 하면 미칠 것 같고 정신이
불량해지니까 그걸 토해내는데, 자연스럽게
토하지 않고 계약 때문에 토하거나 하면 좋지가
않은 거였지. 와다 상처럼 나에 대한 기준과
기대치가 너무 높은 사람과 같이 있으면 정신
해리 상태가 올 때까지 해야 해. 일단
정신교육을 시켜, 이런 건 안 된다. 참 잘해서.

일루미나티는 아니지만 극도의 집중을
이끌지. 모든 에너지를 응축시키지 않으면
안 되는 경우가 있는 것 같아. 그 아저씨가
프로듀싱해나가는 과정을 보면 정말 아……
전에 봉준호 감독이 말하길, 여기는
영화현장으로 보면 안 됩니다, 여기는
전쟁터입니다 그러는데, 과연 그렇지 않나
했어. 나도 내가 전쟁을 치르고 있다 느낄
때의 작품하고, 다케다 상이랑 우리끼리 해요,
할 때 농도나 파급효과가 다르니까.

이번에 그 와다 상과 16집을 만든다고?
음, 성숙한 게 중요한 것 같다는 생각을
새삼 해. 스타일리시한 것보다 중요한 건
감동이랄까? 좀더 눈에 안 보이는 거랄까나?
힙스터처럼 뭔가를 할 기회도 있겠지만, 음악은
그런 거 아니잖아? 라든가, 모든 게 고생스럽지
않으면 좋은 게 안 나온다는 걸 알고 있달까.

그렇게 만든 음악이 '뮤티즌송'이 되었으면
좋겠다는 아이돌 팬다운 희망을 갖고 있다.
공들여 완성해놓고 하필 주변에서 보여주고
들려주는 방식에 오히려 어떤 미흡함이 있다고
본다. 기껏 책을 잘 만들었는데, 교보문고에서
안 팔고 저기 어디 구석에서만 판다는

느낌이랄까?
그런 프로그램에는 절대 안 나가네.

이겨내면 되는 거 아닐까?
이기고 싶지가 않아. 다 보여줘야 맛이 아니라고
생각해. 안 하는 게 좋다고 봐. 내 개념으로
거기는 교보문고가 아니야. 내겐 거기가
교보문고로 안 보여. 자네 올해 서른몇인가?
육적인 에너지를 털어내야 이해가 갈 걸세.

이상은은 점점 어떤 사람이 되어가나?
점점 얌전해지는 것 같아. 삐걱거리고 싶지가
않아. 찜질방 그만 가시고 클럽에 좀 오라는
친구도 있지. 그렇다고 해서 뭐 이해인 수녀님의
시, 이런 건 아니지만 어떤 어둠이나 세속이나
그런 게 점점 없어질 것 같아. 어떤 지점을
털면서 순수함으로 돌아갈 수 있다면 이 여행은
재미가 있구나, 그런 생각을 했지. 걸어가는
중이야. 모든 걸 털어버리진 못해도 언젠가는
그런 게 다 편안해지는 때가 오겠지. 라디오를
하면서도 늘 그런 생각을 해.

지루한 건?
네가 편집장이 되었는데, 어느 날 갑자기
산으로 들어가서 소설을 쓴대, 그런 얘기일 수도

있어. 마흔이 되기 전엔 나도, 어우 지겨워,
미쳤어? 소설 같은 소리하고 있네, 됐네 됐어,
우웩, 저리 가 저리 가! 이랬어. 근데 점점
어떤 보편성이 더 많아진달까? 온통 날카롭던
것들이 흐물흐물해지고 체에 걸러지면서 비틀스
음악같이 되는 거. 안아주는 것 같은 거.
그런 성숙이 하필 내게 왔으면 하는 거지.
너에게도.

오늘은 여기까지. 자, 여기에 사인을 부탁한다.
오냐, 그래. 나도 자네 팬일세.

Music Life

젊은 세대의 주역, 멋을 아는 뮤직매거진

10

OCT
1991

조용필 음악에서 인생까지 풀스토리

HOT ISSUE 김원철 발표회 공격취재

이상은 일시귀국 직격인터뷰

윤상 음악 속으로의 에버시티의 대도 탐검

소녀의 추억을 그리는 김완선 VS 손무현

양희은의 어릴이 '나의 삶, 나의 음악'

노랫말 10월 입선작 발표

특별부록

이은화, 마이클 볼튼
대형천색브로마이드

LEE SANG EUN

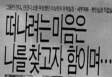

그동안 안개나 소문 무성했던 이상은의 유학일지·세부계획·본인심경 직접발표

떠나려는 마음은 나를 찾고자 함이며…

그동안 말없이 간다. 안간다 말많던 본문에선 이상은 유학길의 발표됐다. 자신 태몽까지, 이상은의 미국 출국 전날 밤(지난밤) 단촐거마를 통해 유학실상과 그동안의 때문, 또 유학가서의 생활 방법 등 추후 본인 심중 낱낱이 공개했다.

아, 내 가슴의 바다에 띄운

아무런 역사없도 타고 멀리 떠나고 가겠어요. 언제 18년 해 이렇게
왜 김소월의 시처럼 이상은이 우리라고
한줄 적어봤다. 남자 친구가 있다면
무작정 길을 떠난다고 하면 다른
것이라고 할까? 다들 웃어대겠지. 하지만
내게도 남자 친구가 필요하다.

Lee Sang Eun 1988~1990, Nonsan

뭔 소리 하는지

모데나 8년산을 사서 아무 데나 뿌려먹는다. 열무와 루콜라와
[배]와 프로슈토. 무화과와 으름과 방울토마토. 97년『바자 코리아』
[창]간 이래 가장 '핫한' 채소인 아보카도를 썰어, 97년『보그 코리
[아]』창간 이래 가장 '잇한' 통증인 편두통을 느끼며 먹는다. 어젠
[트]러플에 치즈까지 흰 접시에 수북하게 담고 수녀들이 만든 엑스
[트]라 버진 올리브유를 들이부었네. 깻잎을 찢어야지. 마늘을 저며
[야]지. 캐비어 묻은 손은 다른 사람 입에 쑥 집어넣어야지. 진저에
[일]과 기린 맥주와 라임 으깬 걸 섞고는 차가운 컵 가장자리에 도초
[도] 나귀소금을 묻혀 마신다. 추석 때 고향 갔다 올라오면서 무엇을
[사]올까 고민하다, 고사리 숙주 도라지 나물만 봉지봉지 챙겼는데,
[그]걸로 네 끼를 비비고 있다. 들기름에 쇠고기를 들들 볶아 같이
[비]비기도 한다. 창밖엔, 너의 이름이 무엇이냐 물으면 "저는 참새
[예]요, 가을 참새요" 대답하는 뚱뚱한 것들이 있다. 나는 안에서 먹
[고] 있다. 우리 서로 무시하기로 해요. 그게 편하잖아요.

사철 드러운 모래가 말한다. "어차피 다 지겹거든!" 하지만 드
[러]운 모래가 운전대를 잡고 노래 부르면 하나도 지겹지 않았다. 그
[는] 이미 수많은 노래를 처절하게 개사했으며 여전히 걸리기만 하

면 개사를 일삼는다. 그중 이것은 명예의 전당에 입성한 고상한 작품, 이소라의 〈바람이 분다〉. "사랑은 비둘기여라 그대는 매가 아니다" 하도 이렇게 들었더니 원래 가사는 잊어버렸다. 기호와 주변 반응에 따라 "추어탕은 다르게 끓인다"를 추가해도 좋다. 그런가 하면 "넌 지금 돼지, 한 겹 두 겹 삼겹살처럼 얇게요." 에프엑스 〈피노키오〉.

수렁, 포도밭

물 주는 걸 거르지 않았다. 집을 비우는 일도 없었다. 그랬더니 홍자귀가 연신 꽃을 피우고 있다. 하루면 송이째 떨어지지만, 아침에 그걸 보고 밤에 그걸 본다. 백로의 걸음걸이. 남해의 금빛. 붉음들. 열락은 곧 수렁일까? 당장 하자는 전화가 오긴 오니까 그걸 빌미로 나는 사랑하노라 창밖에 선언해버린다. 하지만 들판의 곡식에 대해 노래하지 않고 코스모스의 권태에 관해서만 논조를 가지려니 계절이 너무 잔인하게 군다. 초조. 엎드린 맹세. 모르는 말. 이런 밤의 냄새를 너도 알지? 영동에 들러 아직 넝쿨에 달려 있는 포도에 코를 댔다. 그러기엔 늦었나 했는데 약속된 축복이 쏟아졌다. 즙이 묻은 손을 운전대며 청바지며 아무 데나 닦았다. 껍질은 차창 밖으로 픽픽 던졌다. 그걸 보고 서울까지 쫓아오면 잡힐 것이다.

Poop

'푭'이라는 글자는 글자이긴 한데, 실은 음향으로 간주한다
'푭'은 갑자기 대두되었다
'푭'은 이런 걸 읽으면 나온다. "사랑도 병이요 노래도 병이다"

'풉'은 적절하다

'풉'은 야비하다 하지만 '풉' 하도록 하는 것에 비하면 '오나전'
과다

'풉'은 그래서 적절하달 수 있다

'풉'은 그나마 선량한 말일는지 모른다

'풉' 뒤엔 어쨌거나 소량의 웃음이 있으니 말이다

'풉'도 못할 상태에 이르면 '어우'가 나온다

'풉'이 아닌 '어우'는 이런 걸 보면 바로 나온다 "피렌체에서 길
잃다"

'풉'은 얄량하되 처절한 방어책이다

'풉'은 '풉'을 대체할 것도 없다

'풉'은 그런데 스스로를 향해서도 쓰인다 거참 유감이다

날마다

장인이 아니라 달인을, 정성이 아니라 수제를, 아름다움이 아
라 디자인을, 겸손이 아니라 매너손을, 유머가 아니라 예능감
필요로 하며 장려하고 우대하는 세상. 사회는 없는데 개인은 시
끌 우글거린다. 좌고 우고 간에 사회가 기능해 거르고 매김해
할 말마저 버젓이 미디어를 통하니, 입 가진 자의 쾌락과 귀 달
자의 고충이 떨어질 줄 모른다. 안 떠들면 나만 손해일 텐가?
꼴 저 꼴 안 보려거든 거실 벽에 큰 그림이나 걸고 난잎이나 닦
일인데, 그러자면 '로또밖엔 길이 없다'는 포스터가 보이는 곳
다 붙었다. 부질없기가 콩가루 같은 날들. 밤마다 친구에게 전
를 건다.

그지 같은 거 그리고 거지 같은 거, 그런 거나 보고 듣다 여기저기 긁었더니 조직 밑에 피가 맺혀 상쾌하다 아임 오케이 노래라도 부르겠다. 도미솔도 도솔미도, 물론 말로 할 수도 있겠지만. 옻이 나 놀자고 깽깽이들 뭐 하나 전화를 걸었더니, 아픈 것 아프다 만 것 아프려고 하는 것 골고루다. 감기 같은 소리 하고 있네. 아프거든 친구야, 에세이를 쓰지 그러니. 아픈데도 약 안 먹고 아프다며 글을 쓰면, 아픈 줄도 모르던 애들이 아프겠다며 서로 난리라더라. 나의 별명은 기차화통. 아무도 막지 못한다네. 밤에는 된장이나 지져야지. 뭐 넣고 지지나? 다 넣고 지져야지. 하여간 재밌는 거라곤 아무것도 없달랬더니, 오늘밤 여자 탁구 단체전 중국이랑 한다며? 웬일이니 스테이션.

Like a Prayer

2002, Ganggyeong

서울에서의 마지막 탱자

복되나니 일요일은 자도 자도 끝나지 않는다. 11시에 눈을 뜨고
양호하군' 중얼거렸으나 다시 일어났을 땐 저녁 6시였다. 갑자
생각난 풍경은 이랬다. "빨래가 아니라 동태다, 동태." 어머니
방문을 열고 꽝꽝 얼어붙은 빨래를 벼락처럼 던지신다. 내복 바
, 앙고라 스웨터, 모직 남방, 양말짝 들. 이불 쓰고 엎어져서 현
와 삼성의 농구를 보던 6학년 누나와 3학년 내가 그것들 녹으라
이불로 덮는다. 이불 속엔 애들 냄새. 참 가난했다는 생각.

창밖은 바위의 안쪽처럼 어두웠다. 있는 대로 불을 켜고 지갑에
지폐 몇 장을 꺼내 광장시장에 갔다. 좌판을 꾸린 할머니들 앞
그냥 지나치기란…… 키운 거 아니고 뜯은 거라는 달래와 미나
, 엄청 꼬숩다는 배추, 농약은 십 리 밖에서도 안 쳤다는 콩나
, 좀 시든 것 같아서 시들었다 통통댔더니 이런 게 지져먹기엔
다는 열무, 그리고 탱자가 있었다. "탱자네요. 탱자가 있네요."
라는 소리는 안 했는데 할머니는 대번 비닐봉지에 담으셨다.
올핸 이게 마지막이여. 이제 다 떨어지구 읍써."

돌아와 도루묵찌개를 끓였다. 아가미 옆 둥근 지느러미가 거슬
그걸 째깍 오려내고 끓였다. 전화가 왔다. "재작년인가? 나주
너 촬영가던 날, 갑자기 그날이 생각나서. 꼭 오늘 같은 날씨였
데……" 도시의 서쪽에 사는 옛날사람은 2006년 11월 11일에 대
말하는 중이다. 도루묵이라 그래, 하려는데 탱자 냄새가 선으

로 왔다, 간다.

밤으로의 긴 여로

밤을 아느냐, 네게 물으면
플라타너스
나는 네 그늘 밑을 통과하고 있다.

술자리를 파할 때 좋지 않았다.
무엇이든 겹겹이 눌어붙은 탁자
탓할 사람이 자신뿐인 억울함
남은 안주의 생김생김
돼지고기 부위가 적힌 출입문이 즐비한 골목에서 우리는 헤어졌다.

더러운 동네
벽마다 스민 묵은 냄새
역사를 갖추지 못한 것들의 추함
어쩌자는 건지 그럴수록 더욱 빛나는 전등들
혼자선 술을 잘 안 마셔요.
그럼요?
혼자니까 더러운 짓을 하지요.

걸었다.
골목도 차도도 무엇도 무섭지 않았다.

눈앞에 갑자기 휑하니 빈 주차장이 나타나는 일,

걸음을 멈추는 일,

진작에 알았어야 하는 그런 일,

됐어요.

이제라도 환하게 살면 돼요.

여기 다 환하잖아요.

그러다 익숙한 술집 간판과 마주쳤다.

그 집을 언젠가부터 가지 않았다.

일상의 편의를 위해서였다.

머리에 불을 켜고

택시가 서 있다.

나의 안식처

나의 터미널

"아저씨 이화동 사거리요. 미아 아니고 이화요, 이화."

지금이라도 강을 건널까

방문에 열쇠를 꽂으며 생각했다.

환각은 역부족인데

창밖에선 웬 놈이 꽥꽥 소리를 지르고 있었다.

아 돈 케 애애애애애 아 돈 케 애애애애애

창을 열고 냅다 물을 한 바가지 끼얹었다.

4층에서 떨어진 물은

아주 그냥 짝 소리가 났다.

겨울이었어

눈이 왔으면,
내일 아침엔
어젯밤엔
가려는 곳엔
눈이 왔으면
한 번도 다른 걸 생각하지 않았다

1월 4일 2010, Seoul

198

농부 홍순영

구례에 사는 농부. www.ecosoon.com

쌀이 왔다. 아침에 일어나니 눈이 왔다는
말처럼 쌀이 왔다. 좋아서 웃었다. 지난겨울에
구례의 눈 덮인 논에서 홍순영 농부와 얘기를
나눴다. 그 논에 심은 모가 자라 이삭이 패고
마침내 익어 쌀이 되어 왔다. 5킬로그램짜리로
포장된, 품에 덥석 안기는 쌀을 벗들에게도
나누어주었다. 그리고 저녁이면 밥을 지었다.
쌀이 왔다. 자다가도 웃음이 난다. 이것은 지난
1월의 일이다.

사진은 논에서 찍었으면 좋겠습니다.
아이고, 그럼 저리 가시지요. 이 못난 놈 뭐
볼 거 있다고 사진까지⋯⋯

**원 별말씀을요. 근데 재는(주변을 맴도는 개)
이름이 뭐예요?**
우리 진순이. 저 마가 이자 열한 살 되었지요.
지금 새끼를 배갖고. 진순아, 이리 와봐.
(다가온 진순이를 쓰다듬으며) 나, 여기로 온
지가 이제 15년 지나요. 저쪽 마을에 살다가.

그러게요. 집이 마을과는 좀 떨어져 있네요.
그라죠. 여기서 축사 하나 지어갖고 관리사
두고, 나는 왔다갔다하라고 계획을 세우고
했던 것이, 짓고 본께 그냥 농가 주택이라도

하나 더 지야겠다 싶은 마음이 들데요. 그래서
농가 주택을 짓고 보니, 추우니께 창고 지야지,
저장고 지야지, 그러고 뭐, 또 뭐, 또 건조기
같은 거 시설해야지. 또 냉장고 지야지. 어쩌고
하다본께 이렇게 됐어요. 한 번에 다 지은 게
아니라서, 모양이 영 두서가 없지요.

**농사일도 그렇게, 하다보니 계속 욕심이
늘어나신 건가요?**
그게 욕심이 많아진 거는 아니고, 뭐 제가
초등학교밖에 졸업 못해서, 그것도 바듯이
졸업만 했고, 열일곱 살 때부터 마을
정미소에서 일했는디, 열아홉 살 때
논 두 마지기 샀던 것이 제일로 좋았지요.

**부모님께 물려받은 땅은 없으셨다고
들었습니다.**
아예 없지는 않고 한 2백 평 있었지요. 그게

199

겨
울

지금은 몇만 평 되었고요. 내가 9남매 중
여덟째인데 형제들은 다 떠나고 혼자 여그
남았지요. 항시 누구한테 얘기하더라도,
나는 배우도 못한 놈이고, 내가 내 욕심에
땅을 천직으로 알고 살응께 이것을 한 것이라
그라요. 실제로 1년 내내 농사짓고 살면서
시간 내서 나간 것은 마을 애경사나, 친척
애경사에 찾아댕긴 것밖에 없어요. 유기농
시작하면서 여기저기 배우러는 많이 다녔지요.
그 이외에는 한 게 없거든요. (한쪽을 가리키며)
여기는 밀을 심었습니다. 금방 싹이
올라오지요. 그건 틀림없지요.

**농약 대신 천연제재를 쓰시죠. 그건 어떻게
시작하셨어요?**
그놈의 농약에 지쳐가지고요. 농약값만도 1년에
평균 들어간 것이 2천만 원 3천만 원이여,
죽어라 농사지어갖고 수매하면 뭐이 남는
것이 있어야지. 허다보면 맨 마이너스 같아.
아, 이거 아니다. 그러다 진주 쪽에서 농약
대신 천연재료로 제재를 만들어 쓰고 있다는
얘길 들었지요. 농약보다 낫다, 한번 써봐라,
인체에도 해롭지 않고 괜찮다 그러길래
그 뜻을 받고 준 대로 갖다 써보고, 결과는
이렇더라 어떻더라 얘기하고 그랬지요.

진주 쪽 사람들은 인자 하우스에서 파프리카나
쌈채소 그런 거 하는데, 나는 벼농사 하니께,
이것이 즈그들보다 연구 목적이 더 좋잖아요.
그래서 서로 얘기를 나누던 것이, 이제 기계도
하나 공급받게 되면서, 이것도 만들고, 저것도
만들어 쓰다보니 이렇게 되었죠.

**주변에 난 풀로 농약을 대신하는 제재를
만드신다는 건데요. 풀박사님 다 되셨겠어요.**
전부 풀로 만들지요. 길을 가다보면
내 눈에는 모든 게 약초로밖에 안 보여요.
협죽도라는 나무는 작년에 직접 제주도에서
구입해다가 써보기도 하고 그라죠.

협죽도요?
예, 협죽도가 그라니께 독성이 굉장히 강해요.
그게 한 18년 전인가 매스컴에도 크게
나왔었어요. 수학여행 간 우리 학생들이
그걸로 나무젓가락을 이렇게 만들어가지고
김밥을 먹었다가 실신했다고. 그래서 길가에
있는 협죽도는 그때 싹 비어버렸잖아요.
그랬는데, 제주도에 사는 한 분이 제 얘기를
듣고 홍순영씨 되시냐고 연락이 왔어요.
그렇습니다 그랬더니, 저도 농사꾼입니다,
얘기를 하시더라고요. 협죽도 묘목을 몇 그루

만들어놨는데 혹시 심어보시겠습니까
그라더라고요. 그래서 거가 어디냐고 했더니
제주도래요. 보내주십쇼, 착불로 보내주십쇼
했지요. 그렇게 열네 그루를 받아서 심었는디,
겨울에 냉해로 다 죽어뿐 거예요. 제주도로
연락을 취했더니 마침 서귀포 쪽에서 협죽도를
빈다고, 그래서 그거 가지러 제주도로 배 타고
직접 갔다 왔지요. 그때 만든 게 한 30말
되지요. 그런 식으로 했지요. 그렇게 여러 가지
만들어 쓰고 있지마는, 하나 좀 뵈기 싫은 것이
뭐 있나 하면, 어디서 얘기를 듣고 찾아와서는,
성분 검사 좀 해보겠다고 가져가서, 그걸
농약회사에다 팔아먹어뿐단 말이요. 내가
특허를 내겠어요, 뭐하겠어요. 그냥 서로서로
공부한 거 해본 거 나누면 좋겠는데요. 어떤 건
논 작물에만 제초제가 되지, 밭 작물엔 제초제가
안 된다는 걸 알게 되기도 하고, 전부 찾아서
맨들어서 써보고 나서 알게 되는 거지요.

결과를 보기까지 긴 시간이 걸리는 작업이니,
성질 급한 사람은 못할 일 같습니다.
농사일이라는 거 자체가 사람 맘대로 할 수 있는
게 아니지요. 땅이 하고 하늘이 하고 사람도
하지요. 10년 정도 하니까 가닥이 잡혔어요.
요것은 뿌려보니께 되더라, 요것은 안 되더라,

진주 쪽 사람들하고 나눠 써보기도 하고
교류하면서 여기까지 온 거지요. 작년엔 약재
끓이다 온몸에 다 화상을 입었어요.
그게 폭발해가지고.

아이고!
그래도 인자, 별 탈은 없으께 붕대를
이렇게 감고, 싸고, 막 댕기면서 또 약재를
끓였지요. 그랬더니 나보고, 저 홍순영이
미친놈이라고, 우리 마을 사람들도 그러고,
본 사람들마다 다 그러고.

그런 혹독한 시간인데, 도시 슈퍼마켓에서
유기농이란 어떤 유행이자, 좀 비싼 거
정도로 보이기도 합니다. 하도 유기농 유기농
하니까 그냥 농약 먹을래, 하는 억하심정도
좀 있습니다.
진짜 백 프로 유기농을 하는지는 농사짓는
사람의 양심 문제지요. 우리 같은 사람이야
그 밭에 가서 흙만 만져봐도 알 수 있지만……
곶감만 해도 대개는 황을 피워서 말리거든요.
미생물 때문에.

썩지 않게 하려고요?
그라지요. 미생물이 침투 못하게시리 황을

피운단 말이요. 그런데 나는 황을 안 피우고,
감을 깎아서 그냥 건조기에 넣어요. 유황으로
말리면 색도 오래가고 그럴싸해 보이지요.
제 거는 며칠 지나면 검어지니까 사신 분들이
욕을 하더라고요. 그런데 인자 이런 과정을
알게 되면 이게 좋은 거구나 알게 되시는 거죠.

**멋쩍습니다만, 홍순영 곶감을 처음 먹고,
이제까지 먹은 것은 곶감이 아닐지도 모른다는
생각을 했습니다.**
맛은 어떨지 몰라도 착실하게 만든 감이지요.
내가 뭐 배운 것도 없이, 인자 뭐 특별히 해놓은
것도 없지마는, 내가 봐도, 농사는 자식농사
못지 않게 짓지 않았나 싶어요. 자식농사는
딸 다섯, 아들 하나예요. 아들이 막둥인데.

6남매가 든든하시겠어요.
막둥이가 농대를 간다고 그랬을 때, 네가 알아서
해라 그랬지요. 공직생활하는 것보다 나을
것이라고 그랬어요. 아빠하고 농사지으면서
힘든 것은 감안해라. 나는 느그 할머니,
할아버지한테서 증여받은 땅 없이 그저 열심히
한 것밖에 없다, 그게 하나의 꿈이 되었다,
네가 알다시피 새벽부터 밤늦게까지 일하는
것이 농사다, 대신 공직생활하면 감사받아야지,

뭐 해야지, 농사는 그런 거 없다, 네가 구상을
해서 판단을 해라 그랬지요. 막내딸내미 진주는
순천대 산림조경학과 4학년을 졸업했는디,
직장생활 하면 월급을 얼마 준다냐 물었더만
얼마라고 하길래, 그러지 말고 아빠한테서
월 백만원씩 받고 일하면 어쩌겠냐 했더니
그러겠다고 해서, 우리 진주 지금 죽어라 일하고
있지요.

올해 진주씨 임금인상계획은 있으신가요?
예, 그래야지요. 근데 아직 월급도 제대로
못 줬어요. 같이 하다보니께, 농사를 취미
붙여서 해보니까 저도 재밌거든요.
이제 3년째네요. 힘들 때는 굉장히 힘들죠.
인자, 지가 나중에 출가해서 나가더라도
우리 엄마랑 아빠랑 농사짓고 산 거를 아끼고
생각하지 않겠나. 진주랑 통화해보셨지요?
뭐 인터넷으로 주문받고 이런 거는 다 진주가
하지요.

**네, 진주씨한테 곶감을 주문했었지요.
근데 겨울은 농한기라고들 하잖아요. 요즘엔
어떤 일을 하시나요?**
지금 인자, 요렇게 눈이 오고, 바람 안 불 때는
감나무 전지를 해요.

실은 아까부터 감나무가 너무 앙상한 거 아닌가
생각하고 있었어요. 감이 주렁주렁 열리는
그런 감나무가 아니라서.
제가 전지를 심허게 하지요. (주머니에서
가위를 꺼낸다)

바로 꺼내시네요. 어떤 식으로 하시는 거예요?
보면 딱 잘라야겠다 감이 오시나요?
그렇죠. 다른 사람들이 나 전지하는 거 보면
입을 딱 벌려요. 열 개 열릴 자리가 있으면
세 개 남기고 잘라버리니까요. 실제
수확해보면, 이게 상품 가치가 더 좋고 통기성이
좋으니까 좋게 크거든요.

전지는 가차없이 해야 되는 거군요?
그라지요. 여그 감나무 밑에는 뭐
심어놓았냐면, 호밀 있죠 호밀? 전부 호밀을
심어놨어요. 이걸 4월달에 한 번 베어주고,
5월달에 한 번, 6월달에 한 번, 이렇게 세 번을
베어주는데, 이것이 땅을, 수심을, 땅심을
좋게 해줘요. 땅에 구멍을 내주니까요.

다들 이렇게 하면 좋지 않을까요?
일이 많아지니께요. 가끔, '이렇게이렇게
하면 좋겠습니다' 얘기를 하면, '저 미친놈',

그런 얘기들 많이 하지요.

그런가 하면 상도 받으셨죠?
작년에 12월 1일자로 새농민상을 받았어요.
새농민상이 뭔지 알지도 못했고 농협에서 뭐
하나 주나보다 했는데, 시상식 가보니께
큰 상이더라고요. 그런 걸 느껴보기도 하고,
어제 그저께는 도지사께서 농산물 생산
분야에서 우수상을 받아오시기도 했고요. 그런
걸 느끼면서 인자, 목표가 하나 생겼습니다.
어려서 목표는 쉰 됐을 때 논 한 서른 마지기
갖고 남부럽지 않게 살아야겠다는 거였는데,
인제는 땅도 몇만 평인디, 우리 집에서 쌀
시켜드시는 분들이 한 2백여 가구 되거든요.
그분들이 와서 쉬어가는 공간을 맨들어야겠다고
생각하고 있어요. 집에 있는 장이랑 김치랑
나눠 먹고요. 농사짓는 것도 직접 보시고요.
그런 공간 만드는 게 인자 요즘 제 목표입니다.

사람들이 많아지면 여러 일이 생길 텐데,
워낙 형제도 많고 자식도 많이 두셔서 그런 건
익숙하신가요?
어머님이 노환이실 때도, 나 공부 못 가르쳐서
후회된다는 말씀은 한 번도 안 하셨어요.
아버님도, 저놈은 욕심이 많아서 일하다 죽을

거라고 그러셨고요. 일밖에 모르고 살았어요.
지금도 마찬가지고요. 그래 인자, 부모님이
형제 중에 하나라도 시골에 주저앉히려고 그런
계산을 하셨나 싶기도 해요. 집에 형제들이
올 때도 나는 일하러 나가요. 해 지고 밥 먹고
나면 잠자는 것이 일이고. 보통 새벽 2시 되면
일어나고.

새벽 2시에요?
예. 일어나서, 이제 일 좀 보고, 뭐 이런 것도
해보고 저런 것도 해보고. 그러다 또 날 새면
일 나가고.

텔레비전도 안 보세요?
아, 테레비는 많이 보지요. 그냥 그런 식으로
농사짓는다는 말이지요. 뭐 다른 특별한 건
없어요. 그렇게 해온 건데, 요즘 들어 도시
사람들이 친환경 얘기하고 그러는 거 보면,
내가 잘 생각했는갑다 하고요. 내가 비록
못 배웠지마는 어떤 분들이 나한테 제재 만드는
거나 그런 거 배우러 오면, 내가 아는 데까진
다 얘기해줍니다. 뭐 바라는 것은 없고요. 나는
그냥 일욕심밖에 없습니다.

저기 보이는 산이 지리산이지요?

예, 지리산 서쪽 끝자락이지요. 열다섯 살 때
천왕봉까지 등산객들 따라서 보따리 하나
짊어지고 2박3일로 갔다 온 적이 있지요.

**여기 이러고 서 있으니까 시간이 참 느리게
움직이는 것 같습니다만, 실은 바쁘신 시간을
제가 뺏고 있는 거겠지요? 곶감 좀 사갈 수
있을까요?**
아마 막둥이가 준비해놓았을 겁니다. 돈은
안 받을라요.

**아닙니다. 여기로 오다가 아차 싶어서 읍내로
다시 나가 현금도 찾아왔는데요?**
아이고, 그건 이담에 또 쓰시고요. 지금은
여기 오셨응게요. 어디 책에 나간다고 특별히
드리는 게 아니라, 나는 온 사람마다 그냥은
안 보내요. 내가 어디 가보니까 그러더라고요.
가보면은 거기서 뭘 주는 게 참 좋더라고요.

하하, 그건 저도 그렇습니다만……
1년 내내 농사짓는 농사꾼이지, 뭐 특별한 게
있나요. 그럼, 오신 김에 우리 약재 만들어
담아놓은 거 보고 가실래요?

귀한 걸 보게 됐네요. 이러다 밥까지 얻어먹고

가는 거 아닌가 모르겠습니다.

아이고, 시골에 딴 건 없어도 밥은 많지요.

오늘뿐만 아니라 언제라도 구례 지나는 길이면

들러서 감 달린 것도 보고 벼 자라는 것도 보고

들판에 부는 바람도 쏘이고 그라믄 좋지요.

참말로 좋지요.

January 2011, Gurye

북쪽 접근

신탄리역 앞에 차를 세웠다.

자유로와 3번 국도, 임진강과 한탄강

서로 다른 하천

제 이름으로 부르고 싶은 산

폐비닐 같은 풍경들

날리거나 흙과 함께 썩었거나

초소 근무자와 갈빗집

차려입고 도회로 가는 버스를 기다리는 정류장의 건조한 청춘들

독수리가 떠 있다.

오십여 마리가 높이도 떠 있다.

연옥인가 싶었다.

역 앞에서 콩 파는 아주머니와 인사했다.

콩을 반 되 샀다.

역고드름이 열린다는 곳을 지나치자

새들이 놀라니 경적을 울리지 말라는 안내가 나온다.

백마고지 입구에서 커브를 그리다

왓 더 깜짝이야

차창 옆으로 새가 있었다.

히치하이킹이라도 하려는 듯 차도와 붙어 있었다.

혹시

두루미세요?

오 마이 갓! 오 유어 데빌!

회색 조끼를 입은 걸 보니 그쪽은 재두루미고

저 멀리 하얗고 검은 애는 그냥 두루미겠네?

사진으로 어렴풋이 알던 것과는 전혀 다른

충격적인 크기였다.

쳐다봐, 어떡해.

나 보여? 내가 보이니 지금?

차창을 내리고

고개를 내밀었다.

그것들이 두세 걸음씩 움직였다.

혹시 네 등에 타도 될까?

나를 업고도 혹시 날 수 있는 거 아니니?

안 해봤으니 모르는 거잖아.

두루미가 화라락 날개를 펼쳤다.

두루미가 번쩍 뛰더니 날아간다.

두루미가 멀어진다.

논에는 눈

하늘엔 근하신년

노동당사 앞에 가서는 추위라 떨었다.

팔도의 애들은 거기에 '펜팔 구함' 등을 못으로 긁어놓았는데

번호 하나가 눈에 띄어 메모했다.

그리고 서태지가 여기서 그런 노래를 부른 이유 ⇒ (노동당사 건물은 서태지와 아이들의 〈발해를 꿈꾸며〉

뮤직비디오 촬영지다)

를 생각해봤다.

천재는 그저 '그때 천재'가 있을 뿐이라

지금으로서는 전혀 어울리지 않았다.

동송에서 참한 주전부리 없나 싶어 장터를 기웃거리며

멋진 만두 같은 걸 찾아봤는데 보이지 않아서

팥에 설탕을 조금만 넣은 붕어빵을 먹었다.

그러니까 1996년에

동송을 지난 적이 있다.

거기서 북마네미고개를 넘어 연천으로 가는 군사훈련이었다.

열쇠부대 애들이랑 붙었고 완패였다.

연천에서 해산하는 날 연대장은

부대까지 행군하라고 웃으며 벌을 주시어

다시 북마네미고개를 거꾸로 넘어

산정호수 지나 또한 여우고개로 그렇게 걸었다.

북마네미고개는 지금도 차가 다닐 수 없다.

이동으로 가서 뻔한 갈비를 먹었다.

별다방은 없어졌다.

앙트완, 나는 부산에 다녀왔어

"그렇지만 제발 부탁이니까 뭘 먹으라고는 하지 말아주세요. 특히 돼지고기나 야채를 끓인 건 곤란해요. 괴로움을 안고 있는 사람에게 돼지고기나 야채를 끓인 건 너무나 낭만적이지 못하단 말이에요." 이런 말은 아무나 하는 게 아니라 에이번리 마을의 빨강머리 앤 정도는 되어야 할 수 있다. 그녀를 이해할 수 있는 입장이면서도 똑같이 따라 하려는 멍청이는 아니라서, 어젠 삼겹살을 상추에 싸먹었다. 심지어 괴로웠는데 말이다. 매달 닥치는 마감의 막바지였고, 좀처럼 진도가 나가지 않는 원고를 붙잡고는 이러지도 저러지도 않고 있었다. '메이플스토리'에 빠진 조카는 아이템을 사야 한다며 휴대폰 결제를 독촉했고, 가마 했던 파티에 못 간다고 연락을 넣었더니 홍보대행사 담당 직원은 '이러시면 안 된다'며 당황했다. 친구라는 것들은 마감은 무슨 마감, 술 마시다 쓰면 더 잘 써질 게 아니냐고 전화통에 불을 냈고 나는 괴로워서 삼겹살을 먹었다. 동료들은 구내식당에서 요기나 하듯 저녁을 때웠지만 나는 약속이 있다며 나가서는 삼겹살을 시켰다. 1인분만은 안 파니까 2인분을 시켰다. "혼자서 영화 보는 거 좋아하시나봐요?"라는 질문에 "네, 혼자서 다 해요. 삼겹살 먹는 것만 빼고"라고 답하던 시절은 그나마 쿨했던 걸까? 지금은 삼겹살이고 안창살이고 육즙이 절절 흐르는 갈빗댄들 못 뜯어 먹을까, 민망할 것도 없이 혼자서 시키고 혼자서 먹는다. 하지만 혼자 불판 앞에 앉아 고기를 굽는 일이 뭐

213

겨울

그리 내세울 일일까. 그날 삼겹살은 유난히 기름기가 많았다.

마감이 끝난 토요일 오전에 새로이 정한 사항은 당장 부산으로 가자는 것이었다. 아침 10시쯤에 걸려온 전화에서 "부산이나 갈까?"라는 말을 들었을 때, 대답으로 할 말은 "그럴까"밖에 없었다. 올해가 가기 전에 겨울바다를 보겠다느니 하는 거창한 생각은 없었다. 지나치다 우연히 들른 식당이 괜찮길 바라는 알량한 기대 정도는 있었다. 공항으로 갔고, 공중에서 40분 동안 잤다.

해운대에 호텔을 잡았다. "나가자, 나가." 잠시 누워 있으려는데 친구는 모포를 털듯 말했다. 토요일 밤, 여기는 다른 도시. "맥주부터 마시나?" 물론, 맥주부터 마시지. 그러다보면 뭐가 되도 되리.

일요일 오후, 간밤의 피로를 호소하는 친구를 기차 편에 먼저 올려보냈다. 모직 코트 주머니에 들어 있던 손을 꺼내서 흔들어주고 나는 혼자가 되었다. 오래된 습관처럼 편리한 일. 40계단 근처에서 돼지국밥을 먹었다. 그걸 먹기 전엔 국제시장에 있는 중고음반 가게에 들러, 이런 게 왜 여기 있는지 모르겠는 갓스피드 유 블랙 엠퍼러의 EP를 샀다. CD를 담은 검정 비닐봉지를 달랑 들고 메리놀 병원 쪽으로 올라갔다. 가파르진 않은데 걸음이 꽤 무거웠고 그날은 남포동에서 잤다. 바람은 커터 칼날처럼 대각선으로 불었다.

월요일 저녁에 서울로 돌아와 문을 열었더니, 집 비우면 으레 나는 탁한 냄새가 끼쳐왔다. 신발을 신은 채 저벅저벅 창문까지 가서 있는 힘껏 열어젖혔다. 안녕, 매일 보던 것들. 후박나무, 목련, 노간주나무, 여관 불빛, 교회 십자가. 앞집 마당에서 중학생이 줄넘기를 하고 있는데 지금이 12월이라는 생각에 그만 뭉클하고 말았다. 그렇지, 모든 건 갑자기 오지. 준비를 다 하고 나서야 오는 건

지. 그러다 어느새 목련이 피고 지겠지. 부산에 다녀왔군. 모든
걸 잊을 순 없어. 읽다 만 책을 다시 읽을 수는 있겠지만.『다시 찾
는 바빌론』을 펼쳤다.

　서울엔 눈이 왔었나? 잠들었다 깨니 새벽 2시. 부재중 전화
두 통, 문자메시지 한 개. 충동적으로 뭐라뭐라 답을 쓰다 관둔다.
불을 켜놓고 밖으로 나갔다. 새벽의 도시, 도시의 희망. 산통 깨듯
프라이멀 스크림을 크게 들으며 좀더 걸어보기로 했다.

로컬 신

밤 새우고 아침 비행기로 포항에 와서 방 잡자마자 곯아떨어졌
가 웬만한 식당들 다 닫은 밤에 일어나 편의점에서 컵라면이나
는다. 여행이랍시고 와서 이러는 것도 괜찮지. 〈블랙 스완〉을
번 더 보기로 결정하고 복닥거리는 상가 건물에서 영화를 보고
왔다. 엘리베이터에 여섯 명이 함께 탔는데 나를 뺀 다섯은 신
150센티미터대의 사십대 여자들이었다. MCM 백을 든 여자가
씹길 멈추고 말한다. "흑백조 갸가 느무 자기 세계에 빠져갖고
래 된 거 아이가." 둘셋이 추임새를 넣는다. "맞다, 맞다." "참
로 안됐다." "그게 뭔 꼴이고." 엘리베이터 문이 열리고 그들은
다. 나는 입 벌린 얼음이 되었다.

완도식물원 숙직자는 12월 31일 밤 11시에 전화번호나 저장하려
걸어본 전화를 받았다. 뜻하지 않은 전화가 연결되자 반가워 나
이내 궁금했던 걸 물었다. "홈페이지 보니 내일이 휴일이라는
알겠는데요, 혹시 온실을 볼 수 있을까 해서요." 그는 대번 물
다. "워디서 오셨어라?" 서울이라고 대답하고는 광주라고 할
그랬나 아차 했다. "워미 그 먼 디서 오셨는디…… 긍께 그것
, 휴일이 맞긴 맞는디, 꼭 닫는다는 보장은 못하고, 그렇다고 연

217

겨
울

는 보장도 없기는 한디, 일단 한번 와보시면 어떻게 해놓겠습니ᆞ." 서울것의 의심. "지금 저는 고흥에 있는데, 만일 가서 못 본ᆞ면 굳이 완도로 가지 않으려고요." 그의 의지. "나가 알아서 졸를 할 텡게 오시면 보실 수 있도록 하겠습니다." 다음날 식물원ᆼ문에서 한 남자와 만났다. 그가 문을 활짝 열어주었다. "어제 숙ᆞ사령한티 얘기 들었습니다. 눈이 많이 와서 온실까지 올라갈랄 쪼까 힘드실 수도 있응게, 쉬엄쉬엄 보고 오쇼이." 1월 1일의ᆞ침이었다.

충청도

"작은 토끼야 이리 와, 편히 쉬어라." 나는 토끼가 서너 시간쯤ᆞ히 잘 자고 일어나 아이와 정다운 인사를 나눴다고 생각한다. 안는 자는 토끼의 이불을 살짝 들춰보았을지도 모르지만, "그겔 꼭 그런 얘기겠니?" 나의 서울 친구는 고개를 흔든다. "순진한ᆺ도 유분수지. 하여간 너는, 뭐 아는 게 있어야 말이 통하지. 충ᆼ도 비탈밭에서 깻잎이나 따던 게 지금 어딜 와서 누구랑 말을 섞ᆫ 있는지." 나 역시 고개를 흔들 수 있다. "어이구, 서울내기 다ᆞ네기. 아니, 토끼가 있어봐야 뭐, 만져지기나 하겠니?" 서울것ᆫ 입을 쩍 벌렸다. "저거 봐 저거 봐, 하여간 충청도 의뭉스러운ᆫ는……"

2010년 1월 4일

2010, Ihwa-dong

2006, Ihwa-dong

어제 내린 눈

우리 거기나 가자

그래서 들어서려는데

먼저 들어갔던 친구가 되돌아나온다.

중년 보컬이 〈눈이 나리네〉로 악쓰는 소리가 벙벙하게 복도를 울렸다.

눈을 털다 말고 우리는 도로 눈을 맞았다.

1층에 귀금속 상점이 있는 3층 술집 창가자리에 앉아 눈을 내려다봤다.

택시가 잡히지 않는 둘씩 둘씩은 저마다의 포즈로 속삭이고 있었다.

염화칼슘을 신고 다니는 구청 차량 운전자가

한 쌍의 행각을 멈추어 서서 구경하다 간다.

붉은 깜박이가 길게 번졌다.

'내일은 뭘 하지?'

그런 생각을 했나?

"철원 가는 길이 어렵지 않을까?"

그런 말은 했다.

낮에 일어나니 눈은 녹고 없었다.

223

패션과 입술의 부적절한 관계

패션은 아름답다. 적어도 아름다움을 지향하며 추구하는 어떤
□이다. 그런데 요즘 그것을 다루는 말은 심히 부끄럽다. 실은 추
□다.

텔레비전 화면 속에 몇몇이 다리를 꼬고 모여 앉았다. 브랜드 마
□터와 패션 에디터와 패션 스타일리스트와 포토그래퍼 등의 명함
□ 지닌 이들이다. 굳이 자막이 없어도 차림과 말투가 대번에 '패
□'이라는 말을 떠올리게 만든다. 생각해보면 저런 차림과 말투
□ 아니면서 '패션'을 얘기하는 풍경은 본 적조차 없다. 과연 그들
□ 패션에 대해 말하려 한다. 스타 커플의 결혼식장, 영화 시사회,
□라마 제작발표회, 시상식, 미장원 행사 등에 나타난 유명인들의
□차림이 주제다. "너무 작년 스타일이네요." "벌룬한 블라우스
□을 입으셔서 그런지." "폴딩한 옷들이 굉장히 많이 보여지기 때
□에." "바지에 돌체가 박혀 있네요." "부츠는 앵클 같네요." "아
□가 갖고 있는 쩨스러운 인형이……" "브이넥은 한물갔는데."
□자로 옮기는 손가락이 머뭇거릴 만큼 착잡한 말들이 쏟아진다.
□대체 '바지에 돌체가 박혀 있다'(바지 뒷주머니에 돌체앤가바나
□ 로고가 있다는 뜻)는 말이 어떤 전문가 자격으로 할 수 있는 말
□가? 아무리 친구끼리 수다 떨 듯 한다 할지라도 언어의 시궁창
□서 무슨 멋이며 스타일이며, 나발 부는 소리 하고 있군. 그런 와
□ 목걸이를 브이넥 티셔츠 위로 내놓은 비는 워스트 드레서가 되

었고, 헨리넥 티셔츠 단추를 하나 푼 정우성은 베스트 드레서가 되었다.

　누군가의 옷차림이 멋지거나 그렇지 않거나를 얘기하는 건 답이 없는 문제다. 취향에 근거한 호오가 있고, 몇몇 비슷한 생각을 모을 수 있을 뿐이다. 소위 전문가입네 하는 그들이 의지하는 최초의 잣대이자 최후의 보루는 요즘 무엇이 유행인가, 즉 트렌드를 따랐는가와 그것이 어느 디자이너가 만들었고 어떤 브랜드인지 하는 이름값, 두 가지다. 트렌드와 이름값은 패션을 말하는 제법 합리적인 관점임에는 틀림없다. 다만 하나뿐인 해답은 아니라는 전제하에서다. (그놈의) 이번 시즌 트렌드는 어떤 것인데, 저 차림은 작년 트렌드이므로 틀렸다는 식은 패션을 유행의 시녀로 전락시키며 그 다양한 매혹을 등지고 역주행한다.

　구멍 난 스타킹도 예쁠 수 있는 패션의 유연한 가치 속에서 그런 지껄임이야말로 촌스럽지 않나? "저런 느낌보다는 그냥 마켓 느낌이 훨씬 좋은 느낌일 것 같아요." 하필 이런 말로부터 아름다움이나 세련됨을 받아들여야 한다는 사실은 거의 불쾌의 극을 달린다.

　"코너 성격마다 다르지만 전문가 멘트는 따로 대본이 없어요. 그분들에게 전적으로 맡기는 거죠." 케이블채널 모 패션 프로그램 작가의 말이다. "전문적인 분야라서 작가들이 뭘 써줄 수 있는 입장이 안 되거든요. 진행에 관한 기본 멘트만 있고, 의견을 말하는 것은 모두 출연자가 알아서 하는 겁니다. 그분들이 진행을 한다기보다는, 그분들의 멘트를 따는 거죠." 그럼 검증은? 당연히 하지 않는다. 못 한다. "글쎄요, 그걸 누가 하겠어요?"

　또다른 프로그램에선 유명한 스타일리스트가 유행이라며 스포티룩을 제안하고 있다. 그가 마네킹 가까이 간다. "이렇게 올해

트렌드 모드가 이 베이스볼 점퍼예요. 그래서 점퍼를 입고 해지남
방 그리고 베스트 그리고 로고 티셔츠 그리고 야구캡모자까지 그
리고 반바지까지 해갖고 스니커즈가 포인트예요. 그래서 빨간 또
포인트를 줘서 조금 또 캐주얼해보이지만 영해보이는 룩." 보이
는 화면이 함께 있으니 흘러가긴 한다만, 이런 한국말이라면 오히
려 알아듣지 못하는 게 정상 아닐까. 주술관계가 아예 없는 말법
이며, 맙소사 야구캡모자라니, 언젠가 모 갤러리 관장이 작품을
설명하면서 했다는 말이 떠오른다. "이 그림 아름답지 않아요?
뷰티하구." 그가 또다른 마네킹으로 간다. "이번에는 그레이 피
케이 티셔츠를 연출했는데요." 가만 지금 뭐라 그랬나? 피케이
티셔츠? 친절하게도 자막이 뜬다. '스포티룩을 대표하는 그레이
컬러와 PK셔츠의 조화.' 통풍이 잘 되도록 미세한 구멍을 뚫어 짠
기능성 면 소재를 말하는 피케Pique는 대한민국에 와서 유명 스타
일리스트에 의해 PK로 변해버렸다. (실은 그전에 동대문 '형'들
이 이미 그렇게 썼다.) 셔츠나 샤쓰나 남방이나, 업어치나 메치나
그게 그건가? 케이블채널 작가의 말이 떠오른다. "전문가시니까
전적으로 맡기는 거죠."

"요즘 패션 스타일리스트는 두 부류로 나뉘어요. 방송 나가는
스타일리스트랑 안 나가는 스타일리스트." 그의 말대로라면 방송
에 안 나가는 스타일리스트 K가 말한다. "그 사람이 얼마나 패션
에 대한 해박한 지식이 있고, 정확한 발음으로 이야기를 잘할 수
있는지, 그런 문제는 필요 없어요. 어찌됐든 패션에 관계된 사람
이라면 뭔가 튀어보여야 한다는 게 일반적인 시각이고 그것만 맞
춰주면 돼요. 한눈에 주목할 수 있는, 말하자면 앙드레 김 같은 인
물을 찾는 거죠."

이번에는 방송에 나가는 스타일리스트 L이 말한다. "패션은 연예인 얘기를 다루는 새로운 소재일 뿐이에요. 패션 프로그램에서 패션을 얘기하는 경우는 거의 없다고 봐요. 연예인 얘기를 하려고 패션을 끌어들이는 거죠. 연예인과 친하게 지내는 스타일리스트가 우월해 보이는 이유가 뭐겠어요? 화려해 보이는 게 기준인데 말을 바르게 하냐는 건 문제가 아니죠. 그런 사람 있으면 좋지만, 없잖아요. 케이블이니까 좀더 막 나가는 경향도 있죠. 저도 그냥 나오는 대로 말해요. 그게 더 어울리거든요."

지금 뭇 패션 프로그램을 보면서 제대로 된 언어를 기대하는 것은 마치 스티븐 시걸의 영화를 영화제 심사위원의 시각으로 보겠다는 의도와 비슷하다. 무모하고 헛되다. 충고는 개선을 향하지 않고 비판은 쇄신을 전제로 하지 못한다. 그럼에도 불구하고 한 가지가 남는다. 그건 부끄러움이다. 그 누구도 부끄러워하지 않는 동안, 패션은 스스로의 위치를 부끄러운 곳으로 가져간다.

풍채가 넉넉한 스타일리스트가 말하기 시작한다. "오늘은요, 여러분들이 패션에 있어서 상식은 있지만 또 패션 용어가 너무 어려워서 아, 이게 잘 모르겠다는 것을 좀더 쉽게 생활의 발견으로 여러분들 스타일링 팁을 알려드리겠습니다. 이번에는 벨크로 슈즈예요. 여러분들 보시면 일명 찍찍이라고 해요. 찍찍이 갖고 와, 그게 벨크로라고 합니다. 벨크로 같은 경우는 글램락 스타일, 시크 벨크로 스타일 연출에 어울릴 것 같구요. 이 경우엔 빨간색의 강렬한 스타일도 있습니다. 스타일 면에서는 벨크로 종류가 여러 가지 있는데 80년대 데님룩에 가장 어울리는 게 벨크로 슈즈입니다. 요 벨크로 슈즈에 가장 어울리는 룩을 설명해본다면 요렇게 락시크적인 티셔츠와 블랙 가죽 베스트 연출했고, 여기에 이렇게 살짝 매치하게 되면 약간 9부 팬츠에도 어울리는 룩, 베스트와 연출하는 느낌, 로고 티셔츠와 같이 어울려서 잘 완성된 스타일이고요." 그가 이번엔 신발의 중요성에 대해 충고한다. "가장 옷을 잘 입어도 가장 그 신발에 스타일링이 엉망이 되었을 때는 안 되거든요. 가장 베지를 않을 때는 슈즈의 선택이 가장 중요합니다." 한 글자도 다르지 않게 그가 말한 그대로다. '가장' 알아들을 자에게 '가장' 복이 있나니, 저희가 스스로 패션인지 스타일인지 뭔지를 아무튼 '가장' 제대로 깨치게 될 것이다. 그런 채, 오 패션 코리아.

but   beautiful

2011, Seoul

인터뷰 그까짓 것

인터뷰의 본질은 아마도 누군가의 진심일 것이다. 하지만 인터
뷰의 실상은 한바탕 소동극일지도 모른다. 어쩌면 그마저 왜곡된
소동극.

대개는 매체가 인터뷰를 요청한다. 그런데 반대로 의뢰가 들어
올 때도 있다. 언젠가 편집장에게 전화가 왔다. 유명한 아이돌 그
룹 소속사였다. 내용인즉 "우리 애들을 인터뷰하게 해줄 테니 5천
만원을 내라"는 것이었다. 전화기 저쪽은 또한 덧붙였다. "실은
다른 잡지에서 같은 조건으로 이미 '오케이'를 했는데, 우리 애들
이 그 잡지랑 하고 싶다고 해서 특별히 먼저 물어보는 거예요."
(저런, 감사해라) 편집장은 단박에 거절했다. 이후 다른 잡지에 그
들의 인터뷰가 실렸는지는 확인하지 않았다.

일부 연예인과 매니저가 잡지 인터뷰를 돈벌이나 공짜 해외여행
수단과 연관짓기 시작한 것은 오래된 일이다. 관행이 되었달까?
매체가 인터뷰를 청하면, "어디 가서 하실 건데요?" 묻는 경우가
허다하다. 그들이 여행 얘기를 꺼내거든, 안면도 당일치기나 도쿄
도깨비 1박 3일을 제안하라는 우스개 아닌 우스개도 편집부에는
전해오지만, 이미 자격 미달이라고 판단하는바, 실제로 권해본 적
은 없다. 가끔 묻긴 한다. "그게 매니저 분 생각인가요? 아니면 당
사자 생각인가요?" 질문에 답한 매니저는 아직 없었다. 여행이 아
니라면 옷이나 돈도 반긴다. (물론 여행과 옷과 돈을 모두 취하는

233

겨
울

경우도 있다.) 촬영한 옷을 공짜로 달라며 떼를 쓰는 게 예전 방식이라면, 아예 특정 브랜드로부터 돈을 받기로 계약하고 매체에 인터뷰를 '해주는' 건 요즘 방식이다. 통틀어 '유가'라 부르는데(무가의 반대말로서), 브랜드가 페이지를 사서 진행하는 일종의 광고인 셈이다. 안티 하나 없다는 바른 청년 이미지의 한 연예인은 '유가쟁이'라고 불리기도 한다. 돈을 받거나, 브랜드의 옷을 받고 찍는 화보가 아니면 일절 인터뷰를 하지 않는 것이 그와 소속사가 내세운 방침이기에 생긴 별명이다.

숫제 인터뷰 무용론도 있다. "인터뷰 같은 거 해서 뭐합니까?" 여전히 '신비주의'를 표방하는 듯한 한 여배우의 매니저가 했던 말이다. "시간만 들이고 말 한마디 잘못 나가면 괜히 시끄럽기나 하고." 매니저는 이런 말도 했다 "아시잖아요, 얘 말 못하는 거. 그냥 화보라면 모를까." 그가 마침내 결말을 알렸다. "다음에 한가할 때 전화주세요." 인터뷰 요청이라는 게, 약장사 약 팔려는 수작일까? 다음은 무슨 다음?

이번엔 좀 이상한 얘기. "아무개씨는 한 번도 인터뷰를 안 했어요. 그리고 앞으로도 안 할 거예요." 매니저는 예언자일까? 이유를 물었다. "말을 잘 못해요." 꼭 말을 잘하는 게 좋은 인터뷰는 아닐 거라고 일렀다. 어쩌면 말을 못하는 그의 모습이 진짜 인터뷰의 매력이 아닐는지 덧붙였다. 더구나 그는 개그맨이고 '말로' 웃기는 사람이었으니. "어쨌든 인터뷰는 안 해요." 이런 이유는 상대를 황당하게 만들기 위해 부러 준비한 답일까? 지인을 통해 본인의 의중을 직접 들었다. "저만 하고 싶다고 할 수 있는 게 아니고, 제가 하기 싫다고 안 할 수 있는 게 아니니까요." 그럴 수 있다. 비즈니스라면. 하지만 이건 인터뷰다. 대답도 회사와 나란히

아 한마디씩 주고받듯 하려나? 그의 존재감은, 그의 이름 석 자
누구의 것일까?

인터뷰를 꼭 해야만 하는 이유? 그런 건 없다. 인터뷰 당하지 않
권리가 있다면, 그 역시 하나의 선택으로서 존중한다. 문제는
터뷰가 수단과 조건이 되면서 생겨나는 왜곡된 풍토, 별의별 꼴
나움이다. 스타가 점점 캐릭터로만 존재한다는 사실도 이와 맞
린다. '국민여동생'이니 '국민남동생'이니 하는 말들의 잔치판.
우는 작품과 배역으로 캐릭터를 만들고 가수는 노래의 분위기
만들거나 아니면 아예 처음부터 캐릭터를 정하고 활동한다. 그
게 정해진 캐릭터 안에만 있으면 된다. 잘 만든 캐릭터가 있으
알아서 수익창출 모델이 된다. 그 외의 것은 없어도 그만, 아니
을수록 좋다. 그러다 지겨워지면 또다른 캐릭터를 만든다. '스
일'이 그를 구원해줄 것이다. 인터뷰는 싫어도 화보는 좋아하는
유가 여기에 있다. '파격화보'는 이런 흐름을 관통하는 힘센 무
. '아무개 이런 모습 처음이야'라는 기사가 뜬다면 대성공이다.
과연, 연예인 패션 화보가 전성기를 맞으니, 패션 디자이너나
타일리스트나 헤어 메이크업 아티스트 등 스타의 이미지 만들기
전방에 있는 이들이 인터뷰 섭외의 중요한 관문이 되었다. 배우
무개를 인터뷰하려거든, 소속사에 백날 전화해봤자 소용없고
디 미용실 원장에게 전화하면 된다는 식의 얘기다. 그렇게 성사
인터뷰 현장은 사공이 많으면 배가 산으로 간다는 속담을 있는
대로 재현하기 일쑤다. 일단 촬영 현장엔 수많은 사람들이 우글
린다. 섭외를 주관한 메이크업 아티스트는 자신의 메이크업 콘
셉트에 의상이 맞지 않는다고 말한다. 의상을 준비한 스타일리스
는 사진 톤이 의상을 살리지 못한다고 말한다. 사진가는 포즈가

어색하다고 말한다. 매니저는 콘셉트가 과하다고 말한다. 스타는 촬영을 즐긴다고 방송국 리포터와 인터뷰한다. 그리고 그런 말은 수시로 상황에 따라 계속해서 변한다. 그와중, 여기에 독자의 공간을 만들려는 에디터의 생각은 혹시 허무개그가 아닐까?

어쨌든 인터뷰가 시작되기도 한다. 매니저가 옆에 앉는다. 홍보사 직원이 의자를 가져다 앉는다. 한 명, 두 명, 세 명인 경우도 있었다. 스타는 이렇게 말하기도 한다. "그건 네가(누군가를 지목하며) 얘기해." 그러니 아주 입체적인 인터뷰가 되려나? 물론 다 그렇진 않다. 촬영장은 도깨비시장 같았으되, 인터뷰 자리엔 꼭 혼자 앉고자 하는 이도 있긴 있으니까. 그런데 솔직한 말 혹은 솔직하게 설정된 말이 오가고 인터뷰가 끝나면 전화가 오기도 한다. 함께 자리하지 못했던 매니저다. "인터뷰에서 무슨무슨 얘기했다면서요? 빼주세요." 그럴 수 없다. 왜 그래야 하나? "아까 찍은 사진 빼주세요." 대답은 같다. 그럴 수 없다. 왜 그래야 하나? 상황마다 제각각이지만 있었던 걸 없는 걸로 바꾸고, 했던 말을 안 한 걸로 바꾸며, 취했던 포즈를 안 취한 듯 바꾸려는 시도가 이렇게도 자연스럽다.

우여곡절 끝에 인터뷰가 세상에 공개된다. 이번엔 팬들이 나설 차례. 요즘 팬덤의 특별한 성격은 스타를 바라보는 게 아니라 원하는 스타로 만들어내려 한다는 점이다. 아이돌 스타라면 더더욱 그렇다. '쉴드'로 대표되는 팬덤의 역할은 여론을 만들 수 있다는 점에서 정치적이기까지 하다. 인터뷰에 자신이 원하는 스타가 들어 있을 때, 팬덤은 떡보따리를 편집부로 보내며, 인증샷 올려주시면 고맙겠다고 애교를 부린다. 반면 자신이 원하지 않는 모습의 스타를 보게 될 경우 화살을 쏘기 시작하니, 필시 다른 누군가를 비판

는 방식이다. 사실관계는 별다른 영향을 미치지 못한다. '우리

빠는 죄가 없다'는 대전제가 중요하기에, 나머지는 모두 과녁이

어 마땅할 뿐이다. 불편한 사실을 꼬집거나 민감한 사안을 건드

면, "그딴 걸 질문이라고 해?"라는 화살을, 대답을 분명히 하고

다시 물으면, "왜 말꼬리를 잡아?"라는 화살을 쏘면 된다. 그

게 댓글을 불리며 세력을 모으는 사이, 인터뷰는 함정기사로 둔

한다. 해결은 없다. 해결을 목적으로 하지도 않는다. 그건 팬덤

스로의 존재증명을 위한 놀이와도 같다. 그리고 그 놀이의 끝은

개 스스로 극복한 해피엔딩이다. "기자가 대놓고 함정을 팠는데

리 오빠가 피해갔네요. 우문현답이네요. 역시 우리 오빠." 인터

는 가까스로 (진흙을 말리며) 평화의 도구가 된다.

인터뷰가 인터뷰로 확고하지 못한 이유는 두 가지다. 우선 스타

자신을 온전히 책임지지 않아도 되는 환경 탓이다. 기댈 곳이

다는 안정감을 주겠지만 동시에 말 한마디 온전히 제 것이 아님

인정하는 표식. 스타는 책임지지 않는다. 대신 캐릭터가 책임

다. 문제가 생겼다면 새로운 캐릭터를 입으면 된다. 그러니 인

뷰는 필요 없다. 또한, 인터뷰를 진행하는 매체마다의 고유함

사라졌다. 신문과 잡지와 방송의 영역은 구별되지 않는다. 어

매니저들은 말한다. "인터뷰 하려면 〈힐링캠프〉에 나가야겠

." 옳거니, 이 말이야말로 인터뷰를 바라보는 지금의 대표적 시

이겠다.

뉴스의 진창은 이미 궁금해하기도 전에 소식을 쏟아낸다. 그렇

궁금하지도 않은 시절이다. 그러니 인터뷰란 그저 유행에 뒤떨

진 퇴물일까? 그래도 묻는다. 물어나 본다. 그럼에도 불구하고

터뷰하시겠어요?

겨울

속초에서

2011년 11월, 권부문과의 두번째 인터뷰

여긴 모기 없어요? 선생님?

아, 모기 많죠.

모기 잡은 자국은 없는데요?

모기가 어디를 좋아하냐면 블랙을 좋아하죠.
블랙에 위장을 하나봐. 환해지면 어두운 쪽으로
잘 가요. 저 벽같이. 내가 누워 있으면 기회를
노리며 쉬는 데가 저 벽인 거지. 모기에 대해서
굉장히 신경질적이었다가 지난번에 한번
깨달았어요. 그때 모기장을 샀어요. 결국은
분리를 정확하게 하는 게 좋은 거예요. 근데
살충제를 잘 안 쓰죠. 그거 쓰면 사실은 모기만
죽이는 게 아니라 나도 당하는 거니까. 인간한테
괜찮다는 건 만드는 놈들의 얘기고, 물건을
만들어서 세상 사람들한테 돈을 받겠다는
사람들의 말은 절대 믿으면 안돼요. 하물며
작가들도 작품이 지 눈앞에 돈으로 보이기
시작하면 힘든 거예요. 돈으로 보인다고 저게.
자꾸 팔리기 시작할 때, 그걸 이겨내기가 굉장히
힘들어요. 이겨내는 것도 인간이니까 이겨낼 수
있는 거고, 그걸 숙제처럼 해야 하는데 참 힘든
거죠.

**속초에 권부문이 있다, 라는 말이 자꾸
어떤 느낌을 전하려 합니다. 선생님은 말하자면,**

여기서 '닫고' 계신 건가요?

닫고 살아도 느껴지죠. 현장에 있는 사람은
오히려 못 느끼죠. 한 이틀 지나면 자기도
적응되어서 두드러기가 일상화돼 있지. 근데
떨어져 있으면 너무너무 예민하게 느끼죠.
작가는 어떤 의미에서는 날 것 그대로 드러난
채로 생채기를 겁내지 말아야 한다고 생각해요.
작가라고 특별한 복장과 헤어스타일로 포장하는
걸 혐오합니다. 작가가 엣지에서 살다가면
그것이 중심이 되는 역사를 믿지요.

속초는 어떤 곳인가요?

아, 대단한 도시죠. 거친 산이 있고, 거친
동해가 있죠. 이 기운이 어딜 가겠어요?
다 충돌해서 일어나는 장소인데, 그걸 잘
이겨내는 사람한테는 어떤 평온이 있을 거고.
오히려 힘들게 할 수도 있어요. 그럴 때는
지독하게 괴로운 도시겠지만, 나는 버스 타고

겨울

여기에 탁 내리면 그 쾌감은 말할 수가 없어요.
미시령 넘을 때부터 그렇죠. 최근엔 터널
생기면서 재미가 없어졌어요. 밤에 미시령
넘으면 아주 뭐, 정말 격리된 장소로 가는
기분이 들었죠. 옛날에는 4시간 반, 5시간
걸렸는데, 지금은 2시간 10분대에 와버리니까.
그런 흥분은 거의 사라졌죠.

**저한테는 그 2시간이라는 게 안도감으로
옵니다. 2시간이면 서울로 갈 수 있다는
식이지요. 저는 속초에 오면 좀 불안합니다.
맛있는 게 그렇게 많은데도요.**
여기가 그런 게 참 큽니다. 동해안 기운은
원효도 바람맞힌 전과가 있을 만큼 셉니다.
저는 좀 못돼가지고, 그런 것에서 다 에너지를
받아요.

**마침 날이 흐리고 비도 옵니다. 오늘 날씨
보셨어요?**
계절에는 호불호가 별로 없지만, 그래도
흐린 날을 굉장히 좋아하죠. 찾아보니까
인류학자가 한 얘기 중에, 흐린 날을 인간들이
좋아하는 이유가 있대요. 우린 군대 시절에
일 안 나가니까 좋아, 주로 피해자 입장에서
흐린 날에 대한 보상심리가 있었는데 지금은

그런 것과는 좀 다르죠. 비교적 일상 같지 않은
이런 날씨 좋아하죠.

좋은 날에 왔네요.
안 그래도 좋은 날에 왔다고 얘기를 하려고
했어요. 비 오고 눈 오고 날이 흐리면, 왠지
일상이 뒤집어지는 것처럼 보여요. 모든
사람이 옳다 그러는데, 봐 아니잖아 하늘이
증명하는 날 같아요. 하늘은 푸른 게 좋은 거야,
하던 사람들이 날이 흐려지면 뭔가 망쳤다는
표정을 짓는데, 저는 그거 봐 이런 날이 있단
말야 얘기하고 싶죠. 그런 날은 자연재해를
입는 사람들한테는 미안하기 지경으로 좋아요.
폭풍이 몰아치고 변화무쌍하고요. 불안하기도
하지만 좋은 거죠. 인생살이도 그렇게 해야
돼요, 스스로 파도 뒤집듯이. 물론 소소한 것도
참 좋죠. 때로는 농부들 자기 텃밭 옆 평상에
앉아 있는 걸 보면, 아 나는 저런 지극한 일상의
소소함을 불행하게도 내 것으로 못 만드는
삶을 선택했구나, 이런 아쉬움을 느껴요.
저렇게 살면 지금 내 수많은 판단들을 다
불필요한 걸로 던져버릴 수 있는데, 뭔가 채우기
위해서 이 삶을 선택한 것이 너무 하잘것없는
콘트라스트로 보여준단 말이에요. 그걸 제가
느끼죠. 그럴 땐 다시 추스르죠. 나이가 60이

돼도 하루하루를 자기 자신한테 창조적으로 동기부여를 하면서 살아가야 하거든요. 풍경을 보든, 하다못해 효도관광을 가도 자기가 존재감을 갖고 대상 앞에 서는 자가 돼야 하는데, 우리는 다 몰락하거든요. 하나같이 나이 먹으면 똑같은 인간이 되어가죠. 지금 나이 육십대들이 비틀스 노래 부르던 세대예요. 그 인간들 지금 하는 짓 보세요. 옛날에 70 먹은 할배들하고 똑같은 짓 한단 말이야. 정말 무슨 병균에 감염된 것 같잖아요. 이십대에 소비했던 비틀스는 어디로 사라지고 지금 와서 눈뜨고 못 볼 인간이 돼 있냐. 그럼 자명하게 대답이 나오잖아요. 아무리 장우철씨가 최첨단의 감각을 소비하고 있고, 최전선에서 최고의 감각으로 앞서나가려 해도 그걸 받아들이는 매순간 접점의 태도가 잘못되어 있으면, 어느 날 자기도 소비된 시대의 찌꺼기에 불과한 거야. 나한테도, 이제 우리 먹고살 만해 잘해봐, 이 지랄 하더라고. 나 보고 그래요. 어이구 권형, 옛날에는 우리가 권형 뒤통수도 까고 그랬는데 미안해. 근데 우리 이제 먹고살 만해졌잖아. 내 전시 때 15년 만에 만났는데, 기도 안 차요. 먹고살 만하다고? 나는 아직도 시퍼런 칼춤을 추고 있는데? 그래서 권형 사진이 좋잖아, 이 지랄 하고 있어요. 이게

코미디예요. 먹고살 만해졌대요. 이런 시대를 우리가 살고 있죠. 보편적으로 반문하고 당연시할 수 있어야 하는데, 미치는 거죠. 그런 게, 내가 속초 살아도 느껴지는 거죠. 예를 들면, 칼이 있고 숫돌이 있어요. 내가 좋은 칼 되려면, 좋은 숫돌 옆에 있기만 하면 됩니까? 좋은 칼 안 되잖아요. 벼려야 하는 건 자기인 거야. 가만 있는 놈들보다 훨씬 힘들지. 벼르려면 엄격해야 하죠. 좋은 숫돌은 결국 닳아 없어져야 하죠. 그런데 그냥 급류에 흘러가는 거예요. 아무도 붙잡고 버티는 놈이 없어. 어차피 버티는 놈만 이상한 거예요. 다 바다로 빨려가는 거야. 목적 없이. 그 급류에 나뭇가지라도 잡고 버텨야 하는데 그게 힘들죠. 근데 누가 있음으로 해서 버틴다고 생각하면 안 돼요. 혼자 해야 해요. 그걸 하면 한 20년 지나면, 제 나이보다 훨씬 빨리 집단으로부터 멀어질 수 있는 힘이 생겨요. 거기서 자기 발견이 시작되는 거 아닌가, 생각해요. 어떤 사람은 작품이 좋으면 용서받을 수 있다고 얘기하죠. 우리가 잘 아는 예로, 논쟁을 한 적도 있는 미당 같은 예도, 시만 좋으면 됐지, 무슨 관계 있냐? 그래도 난 미당은 용서 안 하는 부분이 있어요. 끝끝내 안 해요. 그 사람은 자기 시의 소비자가 아니었어. 다른

사람은 그 시를 읽으면 다 인간의 입장으로 막 달려간단 말이에요. 근데 그 사람은 못 달려간 거야. 그런 거 보면 시라는 재능은 그 사람한테 가혹한 거죠. 우리는 동시대인이기 때문에 반드시 욕할 수 있어야 하는 거예요. 2oo년 후 사람들에겐 데미지가 없어요. 그냥 시만 읽으면 돼. 근데 동시대는 그 사람이 한 짓의 영향을 고스란히 받죠. 그 부분에 관해서는 동시대인이기 때문에 판단의 카드를 들이댈 수 있는 거지. 그거조차 필요 없다고 얘기하려면 너무 먼 시대를 내다보는 가슴으로 살아야 하는데, 그러기에는 난 아직도 직접적으로 느껴요. 박동을. 그 인간이 우리에게 괘씸하게 했던 그 상처가 있는 거예요. 그런 판단 속에 내 분노가 있기 때문에, 내게는 반면교사로 힘이 돼요. 안 그러면, 동시대의 힘으로부터 무중력상태에 빠져버리면, 난 굉장히 모호한 놈이 되죠. 저도 두려워요. 어떤 집단에서 볼 때는 저도 쓰레기가 돼 있을 수 있어요. 고고하게 굶어죽었어야 하는데, 어떤 사람에겐 실망스러운 상처를 줄 수가 있죠. 나도 그렇게 생각해서 버린 사람이 많으니까요.

1월에 전시가 있었고, 지금은 11월입니다.
1월에 전시를 안 해야겠단 생각이 들어요.

너무너무 한 해가 지루한 거예요. 1월에 그렇게 해버리고 나니까. 사실 저한텐 중요한 해였고, 전환점이 컸던 해고, 예년처럼 작업 자체를 많이 하진 않았지만, 굉장히 집중력이 강했던 시간 같아요. 그러면서도 전체를 리뷰하는 시간이 굉장히 길었던 한 해였다고 봐요. 겨우 또 한 고비 넘었죠. 우리 사회는 작가를 끌어당기고 밀어주는 시스템이 허약해서, 내가 내 타이어를 다시 갈아끼우고 먼 길을 출발해야 한다는 무거움도 있어요. 전혀 탄력이 없는 나라니까. 형극 같은. 그래서 굉장히 무겁고, 지루했던 한 해가 되네요.

〈산수〉 전시부터 부쩍 '권부문'이라는 이름을 여기저기서 접했습니다. 반향은 아무래도 반가운 일일까요?
반갑죠. 예전 같으면 그런 말이 별로 저한테 기준이 안 됐는데, 재미있는 상황에 살다보니까, 특히 미술계 예술계 자체가 반향이 없는 나라기 때문에. 한편으론 섭섭한 게 있어요. 제가 그런 식의 입장에서 전시를 했으면, 예술계 자체에서의 반향이 있고 그다음 단계가 있고, 가야 할 길이 있는 건데. 우리는 없어요. 오히려 일반 관객들 사이에서 회자되면서…… 근데 일반에 자꾸 회자되어서 뭐하죠? 출마할 것도 아니고, 서커스 공연 입장권 받을 것도 아니죠. 누구처럼 말도 안 되는 거 지껄이며 CF 뛸 거예요? 뭐할 거예요? 기껏 연락이 와도 전부 '노'했어요. 사보, 화장품 회사 축제, 무슨 기획, 또 네이버에선 작가 등록을 위해 작품자료를 주면 작가 페이지를 만들어주겠다, 다 '노'하게 되더라고요. 그걸 모두 받아들이면 이상한 놈 되는 거죠. 근데 다 '노' 하니까 죽일 놈 되는 거죠. 개새끼 잘난척한다, 이거지. 근데 난 그런 욕에는 별로 의미 안 둬요. 근데 이게 서글프다는 거죠. 도대체 작가가 좋은 전시를 하고, 뭔가 작가 인생의 전환기를 이뤘다면, 작가의 실질적인 전환이 와야 하는데, 무슨 화장품 뭐, 인터넷 뭐, 사보 뭐…… 그래서 뭘 하겠어요. 12월에 설경 특집 전시에 작품 팔아주겠다고 연락이 와요. 그거 참 비극이에요. 작품은 좀 팔려서 돈은 되겠죠. 생각보다 훨씬 큰 돈이 될지도 몰라. 그러나 이게 완전히 장돌뱅이 난장에 앉는 거죠. 제 작업에도 모독이고요. 그게 힘든 건 아니에요. 나한텐 너무 심플한 얘기니까요. 하지만 불행한 겁니다. 이십대의 천재 작가가 나와서 할 얘기 못 할 얘기 쏟아내겠다 할 때, 쏟아내게끔 하는 환경이 돼줘야 해요. 혼신을 다해 시대를 살아내게끔 해주는 거지. 물론 그런 환경 없어도 돼요.

어차피 독립군으로 살아가는 건데. 제 경우에도 좋은 환경이 오고 있지만, 별로 바람직하지 않은 쪽이 더욱 활발하니까. 결국은 눈에 보이는 기회조차도 거부해야 되는 입장에 놓이는 거죠. 남은 고비를 알기 때문에 더 그렇죠. 모를 때는 겁 없이 막 하지만, 점점 작업 규모가 커지면서 여러 역할이 많아지는 상황에, 앞으로의 시간을 예측해보면 만만치 않은 거죠. 점점 사회환경이 안 좋다고들 하는데, 안 좋을수록 그 표면에 빤빤하게 소금쟁이같이 있어야 해요. 안 좋다고 계속 받아주니까 물렁물렁한 뻘 속으로 계속 들어가는 거지. 그럼 저 밑바닥에, 저어 밑바닥에 가라앉는 거예요. 이름난 거 같지만, 알고 보면 가장 쓰레기 같은 놈이 되는 거죠. 잘 받아주면 뻘 제일 밑에 가라앉죠. 못됐더라도 표면에 살아남으려고 부단히 버텨야 해요. 소금쟁이도 실수하면 빠져요. 걔가 얼마나 노력하는지 알아요? 한쪽 발이 더 깊숙할 때, 자기 무게가 안전하지 않다는 걸 안다고. 근데 작가가 자기 양심이 안전하다고, 되는 대로 찌라시같이 뿌리고 살아야 되나 이거죠. 그래서 거절하다보니 이렇게 올해가 다 가는데, 그냥 이게 다구나. 그죠? 올해가 다 가는데, 1월에 전시를 해서 장우철씨 말마따나 반향이 있었는데, 그게 다구나.

〈산수〉 전엔 무엇보다 눈이 있었습니다. 작품 앞에서 그 눈을 겪어야 했지만, 어떤 편안함도 있었습니다. 눈이니까요. 북극의 여름에 보인다는 파란색 빙하는 저게 뭔지 알 수 없지만, 눈은 알 것 같기도 했습니다. 속초엔 눈이 많이 오지요?

속초에서 살다보니 2년에 한 번 대설이 오는 걸 알겠어요. 한번 대설이 오고 나면 또 눈이 별로 없어요. 근데 작년에 작업할 때는 그 리듬이 안 지켜지는 거야, 고개를 넘으면 환해요. 다시 돌아보면 계속 산에 눈이 오고요. 구름이 고개를 안 넘은 거예요. 작업하라고 구름이 안 비켜가고 있는 거죠. 대상의 반대쪽 산을 타면 해가 쨍쨍하게 나니까 작업 참 많이 했죠. 생각대로 한 거죠. 마치 그리듯이, 평소에 봐왔던 장소가 눈이 많이 오면 이래 될 거고, 적게 오면 이런 톤일 거고, 내리는 중엔 이런 톤일 거야, 했던 것들. 이 시간에 이쪽에서 찍고, 다시 저리 가서 찍고 하루를 꼬박 달려다니면서 찍었죠.

평소엔 전혀 모르다가 이가 아프면 그제야 치과 간판이 보이는 이치와 같다고 말씀하신 걸 기억합니다. 생각하며 그리다보면 분명히 만난다고.

사진가라는 게 숙명처럼 사냥꾼이 될 수 있어요. 대상을 찾아서 꿩사냥꾼처럼 돌아다니면서 어떻게 한 방 쏠까 '헌팅'하는 입장에 빠지게 되는데, 그걸 단호히 거부해야 하거든요. 대상 앞에 서야 하는 필연 같은 입장을 어떻게 잘 가꾸느냐는 게 중요하죠. 이미지가 나한테 온 거 같은 느낌이 들어야 하죠. 찾아가는 게 아니라. 대상과 그런 관계를 맺어야 한다는 생각에 따라서 이미지는 달라지죠.

눈이라는 소재가 주는 어떤 편안함을 말씀드렸습니다만, 보이는 이미지는 사실 냉혹하죠. 전혀 받아들여주지 않을 기세랄까요?

아주 냉담한 거, 아주 쌀쌀맞은 거, 사실 나는 그러지 않으면 환기가 안 돼요. 느닷없이 만나는 사람이 친구일지언정 뭔가 환기를 줘야 한단 말이에요. 정말 익숙한 사물들인데 구태여 카메라와 나라는 입장을 통해서 세상에 재현될 때는 그건 정말 충분히 낯설고 낯설게 할수록 좋다고 봐요. 그러면서도 사실 내 이미지는 굉장히 친절해요. 요소가 퍼펙트하다고요. 내 작업을 내가 퍼펙트하다고 말하는 거 웃길지 몰라도, 요소요소가 반드시 있어야 할 것들이 있고, 선 하나 면 하나 나뭇가지 하나 다 그 자리에 있단 말이에요. 얼마나 친절해요.

하나라도 없다면 그 작업은 정말 불편한 거거든요. 제일 고민은 인쇄를 하다보면 마진 때문에 잘리거든요. 옆에 조금만 잘려도 이 가지가 왜 들어갔지? 불편한 가지가 되는 거야. 일부러 노리진 않아요. 이미 그 속에 다 조화를 이루고 있는 거죠. 그래서 나는 충분히 읽고 따라가주는 역할, 그렇게 사물이 존재하는 방식에 내가 충분히 이해하고 그걸 사진적 운영으로 대응해내는 역할을 다 하는 거죠.

카메라적인 운영이라면, 대상에 따라 카메라나 사이즈도 따라간다는 뜻인가요?
옛날 작가들은 카메라 기종이 뭐냐에 따라서 죽을 때까지 그 포맷이잖아요. 그게 내가 볼 때는 불편부당해요. 나도 한때는 그랬어요. 그게 미덕인 것처럼. 35mm 작업을 선택하면 그 작업 끝날 때까지 35mm 포맷을 유지해서 책을 만들어 페이지 넘길 때마다 똑같게 하죠. 그걸 의심하지 않는 게 사진가들이 책을 내는 룰처럼 돼 있어요. 하나는 세로로 길고 하나는 가로로 길면 갑자기 머리에 쥐나는 거죠. 전혀 다른 작업이라고 생각하잖아요. 근데 나는 그걸 하고 있단 말이예요. 〈산수〉 시리즈를 보면 어떤 건 길게 숲의 한 부분을 보다가 어떨 때는 네모 반듯하게 봐요. 이거 참 중요한 얘기죠.

옛날에는 카메라 포맷이 '6×6', '6×7'이기 때문에 모든 사물을 찍을 때 그 안에 끼워맞추는 거예요. 그 행위가 있잖아요. 모든 게 '6×7'화 되는 거죠. 근데 지금 작업은 그 사물이 놓여져 있는 상황, 뉘앙스, 시간의 흐름, 이거에 따라서 포맷은 자유자재로 늘어나기도 하는 거죠. 아무 의심 없이 카메라 회사가 제조해놓은 포맷에 의해서 모든 작가가 세상을 천편일률적으로 바라보는 것이 룰이고 미덕인 것처럼, 손 안 대고 자기는 아주 성실하게 본 것처럼 얘기하는데, 저 끝에서 빛이 들어오고 저쪽 끝엔 어둠이 있는데, 그때 내가 '6×7'밖에 없기 때문에 그냥 열심히 찍는다? 이렇게 할 순 없잖아요. 그걸 버렸죠.

기술적으로 카메라를 다시 공부하신 건가요?
재작년부터 공부했어요. 지금은 거의 180도까지 내가 필요한 조화를 읽을 수 있는 메커니즘을 갖췄어요. 정말 창조적으로 대상을 읽고 나서 뭔가 이미지 획득에 대한 입장에 놓였는데, 회사에서 만들어준 포맷에 끼워넣으며 뭔가를 해낸다? 이게 아주 부자연스러운 거죠. 완전 열린 채로 해야 된다는 거죠. 그게 제 작업의 태도에도 맞고요. 소위 정통파들한테는 이게 조작하는 걸로

겨울

보일 수가 있죠. 이건 결국 포맷의 문제가
아니고, 그 포맷을 그렇게 다각도로 가져가야
될 이유의 문제죠. 나는 추구하고 구현해내는
입장에 서니까 내 쪽에서 좀더 적극적으로
구현해보려는 거죠.

**새로운 〈오대산〉 시리즈엔 그런 작업이
많이 포함되었나요?**
그런 작업이 많습니다. 우리가 숲을 느낄
때도 이렇게 빙 둘러볼 때가 있잖아요.
그런 순간의 느낌. 그 전체를 획득해내는
이미지와의 관계. 이런 것들이 지금 하고
있는 작업에 의미가 있을 것 같아요. 막연한
얘기일까요? 늘상 가는 오대산 숲에 가서도,
더이상 올 필요가 없지 않을까 하면서 현장의
경험을 다 소진해버리거든요. 근데 다시
가야겠다는 느낌을 갖고 가면 상상도 못한
상황이 막 일어나요. 짧은 순간이거든요.
그냥 파다다다닥. 어느새 끝나버리고 없는데,
참 놀랍죠. 내가 거기에 가게 되는 관계와
에너지가 만든 현장에 카메라를 갖고 선다는
것. 결국 자기가 가지고 있는 이미지를 어떻게
꿈꾸느냐 하는 것 때문에 대상이 그렇게
발현하는 거죠.

**정말 어마어마하게 큰 사진을 보고 싶다는
욕망이 있습니다만. 요코하마 전시에서는 작품이
너무 커서 여러 일들이 있었습니다.**
운송비가 어마어마하게 들어간 거예요. 배보다
배꼽이 커졌는데도 그 친구들이 용감무쌍하게
진행했어요. 화물기 입이 최대로 벌어져야
5미터짜리가 들어가는데, 그게 일주일에
한 번밖에 없어요. 그런 전시였죠. 작품의
사이즈는 여전히 진행해나가면서 해나가야
할 부분이죠. 사이즈=자본으로 보는 시각이
지배적이지만 사실 작품의 필연성과 작가의
의지가 만들어내는 것이지요. 근데 요새
기술적인 것들은 나만 할 줄 아는 게 아니에요.
구글이 동네방네 골목길 다 기록해놓는 거
보면, 기도 안 차는 세상에 사는 거예요. 그죠?
그럴 때에 사진가라면 진검승부하듯이 하나하나
대상 앞에서 온전히 날것처럼 서 있어야 한다는
거죠.

올해 권부문 홈페이지가 생겼습니다.
워낙 인터넷 상에 이미지들이 잘못된 채
돌아다니고, 오독되어 있어서. 1년 동안 만든
건데, 작업하면 바로 올려버려요. 전시로
나중에 보여줘야지, 이런 건 내 체질이
아닙니다. 어차피 저한테 왔던 이미지를 다른

사람의 다른 접점에서 대면하게 하는 것이
제 역할이라고 생각하기 때문에 인터넷에 바로
올려버려요. 작가가 묵혀두면서 고민해야
하지 않느냐 한다면, 고민은 그걸 취하기 전에
이미 했으니까요.

**지금 제 고민은 선생님 말씀을 얼만큼
글자로 만들 것인가 하는 겁니다.**
대개 보면 개인의 호기심으로 들어가서 사람을
자꾸 역경의 인간으로 만들면서 신파로
빠지잖아요. 어려운 환경 속에서 인간승리로
만들려고 그러니까요. 우리나라 특정 분야에
있어야 할 사람들 기사를 정리해보면 거의 다
비슷한 인간이에요. 기사가 길어지면 자꾸
초치거든요.

**하하, 선생님 미시령 넘어오시는 대목부터
구비구비 개량한복 입고 쓸까 합니다.**
그럼 나만 망가지는 게 아니에요. 장우철씨도
같이 망가지는 거지. 내 삶이 드라마틱하지
않아요. 사실은 전혀 드라마틱한 게 아니죠.
내가 원하는 대로 끌고 가는 거니까. 근데,
장우철씨 전보다 살쪄서 경고. 살찌는 거
위험하거든. 우리나라 정치인들 뽈따구 살
봐요. 오바마 보세요. 핸섬하니까 무슨 말을

하면 맞아, 이렇게 되잖아요. 매케인 같으면
사람들이 안 믿지. 사실 오바마도 자기 컨디션
조절하면서 쇼를 하는 거죠. 하지만 신뢰가
가잖아요. 장우철씨 글 많이 보진 않았지만 나에
대해 썼던 거만 봐도 보이는 게 있어요. 옳고
그른 거 구별하려는 게 보이는데, 힘든 상황들이
있죠. 강인하게 살아야 해요. 그래야 정말
어려워도 자기 길 가거든요. 감각이 남다르고
좋았는데, 어느 날 아주 범생이가 된 사람 많이
봤어요. 지금 내 나이 되면 다 판가름 납니다.
나이 오십여섯 된 한국 남자들 주위에 보면,
"어, 자네" 이래요. 친구인데도, "자네 또
보세" 이래요. 너 지금 누구한테 이러는 거냐
그러죠. 자기 홀로서기에 대한 입장이 없는
건데, 어느 날 세상이 자기를 버린단 말이에요.
외로워지니까 삐쳐가지고 찌질이 열폭하는
거지. 왜 그렇게 사냐고요. 배수진 치고
자기한테 하나도 없는 것처럼 살아봐요. 그러면
자기만의 길이 생기죠.

하필 작가로 살고 계시죠.
세상엔 작품이 나가는 거고, 나는 꼬리표처럼
달려나가는 거죠. 내 호기심이 중요한 게
아니거든요. 근데 자꾸 포커스를 나한테
맞추려고 한단 말이에요. 그건 달갑지 않고,
앞으로의 시간에도 별로 좋지 않죠. 전 그냥

작업에 따라가는 태그처럼 인용되는 게
중요한 거 같아요. 호기심이라면 내가 오히려
장우철씨한테 호기심이 더 많아요. 나 같은
인간한테 이런 호기심을 갖는 기자는 뭘까.
장우철씨가 나보다 더 무지막지하게 싸워야
해요. 시퍼렇게 칼춤을 추고 나가야 나도
또하나의 힘을 받는 거예요. 안 그러고 나한테
짧게 사춘기적인 호기심으로 슬쩍 들여다보고
아 그렇구나 하고 말면요, 당신은 나를 죽이는
사람이에요. 슬쩍 호기심으로 와서 매체의
얄팍한 파워를 슬쩍 써먹고 나를 죽이는 거지.
진짜 나를 정말 좋아하고, 내 작업에 대한
의미에 대해서 동참한다면, 내가 바라는 게
더 많거든요. 시퍼런 칼날같이 살아 있다면,
제 작업은 덤으로서 시대의 어떤 이미지로
존재하지 않을까. 언젠간 저도 덧없이 가야
하는데, 저보다 작품이 더 오래 남지 않겠어요?
물질적으로 보면 오래 남는 재료니까요. 그러나
그게 시대적 의미를 가지려면 동시대 사람의
공감, 합의가 있어야죠. 그런 사람들 간의 삶을
살아내서 그 작업이 같이 존재해야 하는 거죠.
껍데기로만 소비하고 만다면 아쉽겠죠. 그래도
뭐, 괜찮아요. 작업은 작업대로 진행되니까.
살아 있는 위치로부터 만나게 되고. 인연이라고
얘기하잖아요. 좋아하는 만큼 칼춤이라도

쳤으면 좋겠네. 다방면에서 칼춤을 추면
장우철씨나 나나 얼마나 기쁘겠어요. 우리
사회는 너무나 참혹할 정도잖아요?

선생님께 '계획'은 정확한 단어가
아니겠습니다만, 어떤 생각을 하고 계신가요?
계획을 질문받는다는 건, 내가 어느 정도
괜찮은 인간이 되었다는 얘기인 모양이죠?
근데 인생도 계획 세우면 힘들잖아요. 그죠?
계획대로 되는 것도 없고. 계획대로 되려면
아마도 좀 본의 아니게 자기답지 않은 짓을
해야 계획대로 될 거예요. 그래서 전 계획을
세우기보다는 제 평소의 바람들을 꿈처럼
잘 꿔서 그게 자연스럽게 나한테 와 닿고
이루어지는, 그렇게 가고자 하는 거죠.
이제까진 다 됐어요, 그런 꿈들이, 꿈을 꾸면
다 됐어요. 주술적인 얘기가 되면 재미가
없어지니까 거기까지 하죠. 작가는 각고의
노력으로 뭔가를 내놓아야 하는데,
뭐 앉아서 꿈꾼 게 작업이 된다고 하면 얼마나
웃기겠어요. 근데 실질적으로 이미지라는 게,
똑같은 장소에서 작업을 해도 어떤 사람은
다르게 보잖아요? 알고 보면 대부분 평소에
그런 이미지들을 갖고 있었던 거죠. 알게
모르게. 그럴 바엔 철저히 더 그런 꿈을 꾸는 게

중요하잖아요. 계획이라면, 개인적으론 책 좀
더 많이 봤으면 좋겠어요.

어떤 책을 읽고 계세요?
근래 흥미로웠던 건 『바벨의 도서관』이라고
보르헤스의 꿈 같은 라이브러리가 번역이 돼서
나오는데, 놀라운 작가들이 너무너무 많아요.
처음 만나는 작가들도 많고, 살아 있는 걸
정말 기쁘게 느낄 정도로 그런 대면을 하죠.
그런 상상력, 세상에 대한 호기심, 이런 게
너무너무 좋죠. 그런 시간을 잘 보내면
제가 갖고 있는 마음과 몸과 생각, 이런 것들이
이미지들과 자연스럽게 대면이 일어날 거고.
그런 거 아니겠어요?

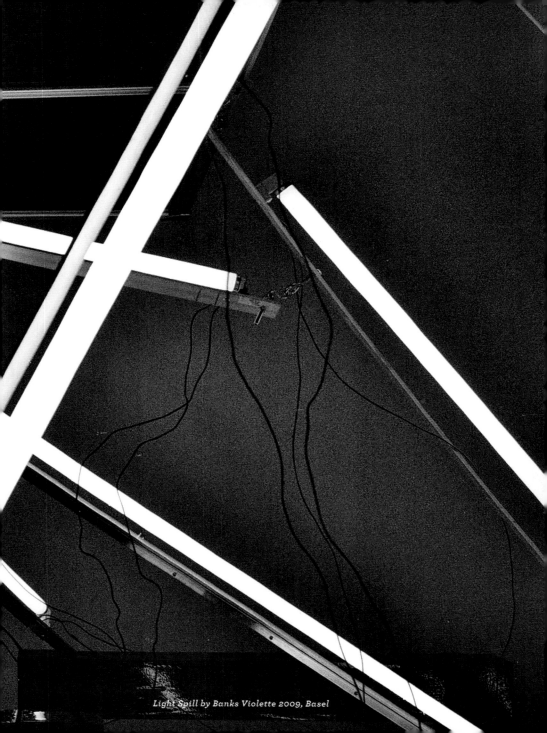

Light Spill by Banks Violette 2009, Basel

雪國

누마타 하기와라 료칸萩原旅館

일어나니 설국이었다.

어제가 온통 하얘졌다.

목조계단을 삐걱삐걱 내려가 주인에게 기차 시간을 묻고 왔다.

오늘이 무슨 요일이지?

그것도 물었어야 했나?

방으로 돌아가 기세루의 〈유키노 후루 고로〉를 들었다.

화요일인가?

에치고유자와 역

국경의 터널을 빠져나오니 설국이었다는 말,

밤의 밑바닥이 하얘졌다는 말,

밤에 그 말을 보았다.

틀림없는 그 말이 거기 있었다.

본 것만 말해도 돼.

그것 말고는 아무 소용이 없을지도 몰라.

길이 멀다 느낀 나는

돌아가는 기차로 급행을 택했다.

도쿄에 첫눈이 온다는 뉴스를 들었다.

수요일

겨울

2012, Echigoyuzawa

밤의 밑바닥이 하얘졌다

2012, Echigoyuzawa

S

F A

Mr. Serra 2009, London

Untitled 2011, Seoul

Chipper 2009, London

Club Tropicana 2012, Gongju

Early 2012, Sagok

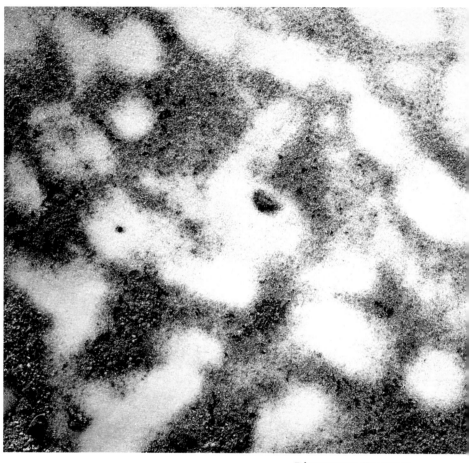

February 2012, Hongseong

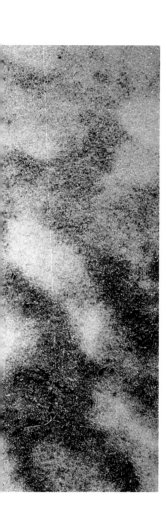

June 2009, San Sebastian

Sunset 2009, San Sebastian

Away I 2011, Jeju

Away II 2011, Jeju

Riverside 2011, Mungyeong

From PSB 2009, Zurich

Three Piece 2011, Seoul

Dol 2012, Seoul

Dawn 2010, Borobudur

Red Shoe 2007, Seoul

Schorr Things 2010, Nonsan

America 2012, Seoul

책가도 2011, Seoul

In the Woods 2008, Jeju

Bold 2009, Amsterdam

Hairy 2010, Fukuoka

Diving 2009, Forsand

I'm a Pool to Want You 2009, Panzano in Chianti

Le Grand Bleu 2011, Seoul

Holiday Celebrate 2009, Berlin

Dear Hunter 2008, Jeju

Deyrolle 2009, Paris

Baby 2009, Salamanca

Junior Heavy 2009, Amsterdam

Noir & Mirror 2008, Seoul

Apartment II 2009, Seoul

Apartment I 2010, Seoul

Apartment III 2011, Seoul

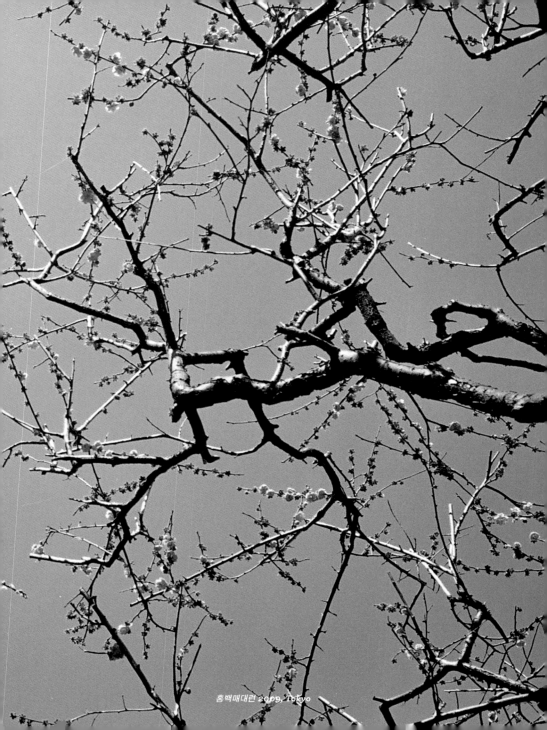

홍백매대련 2009, Tokyo

산수유축백대련 2008, Suncheon

미상목야자대련 2009, Amsterdam

마지막 봄

마지막 봄이라면
올해가 마지막 봄이라면,
그런 생각을 한다
있었던 일과
했던 말
누워서 달력을 보면
밤과 낮이 동시에 있었다

Blossom 2010, Seoul

早春

밤에 서랍을 열어 벼루를 꺼냈다. 겨울엔 그러기를 관두었다.
신 겨울엔 꽃을 꽂았다. 잘생긴 백화등 한 가지를 얻어다 가뿐한
리병에 담고는 아무것도 하지 않아도 되었다. 해는 하루처럼 짧
겨울은 터널처럼 길기도 하겠지, 이미 생각해둔 바 있으니 그
지의 휨과 버팀으로 하여금 오래도록 용맹하길 바랐다.

1월엔 아오야마에서 딸기가 들어 있는 모찌 ⇒ ('마메'라는 집에서 파는 '이치고 다이후쿠')
를 먹고 누마타로 가서 눈을 맞았다. 간직할 수 없어, 밟으며 걸어
보았다. 전선에 잠시 올라앉았던 눈이 낙하할 때면 긴 형광등이
어지듯 모양이 그와 같았다. 그리고 산산이 부서졌다.

셋째누나는 열여덟 살 때, 교지에 「겨울은 춥지 않아」라는 시를
었는데 그걸 조금은 기억하고 있다. 강가에 밭이 있고 그 밭에서
추를 뽑아내는데 땅이 꽝꽝 얼어 삽자루도 퉁겨질 판인데 춥지
다고 누나는 썼다. 2월에 강화로 차를 몰면서 김포쯤 지나다 말
그 생각에 멀리 내다보았다. 월곶면 비닐하우스에 ⇒ (이원난원 www.leewonnan.com)
러 난을 두 촉 안아왔다.

아침이면 독한 초콜릿을 한 점 입에 넣는다. 편리해질 만큼 몸
배 밴 습관은 아니다. 그리고 분무기를 든다. 이 역시 습관된 편리

319

마지막 봄

갖추진 못했다. '온시디움-파필리오'라는 명찰을 단 난은 꽃대
이 길어서 1미터쯤 되는데, 그 끝에 노란 꽃을 문다. 하나가 지
다른 하나가 봉오리를 내놓는 릴레이가 이제 다섯번째. 어젠 분
색 바탕에 '고요는 도망가지 말아라'라는 초록색 글씨가 있는 시
을 전해 받았다. 그걸 펼치며 모든 것이 돌아오고 있다고 생각했
. 누군가 과거를 말한다면 선뜻 그런가보다 할 수 있을까? 입춘
보름 전이었다는 걸 안다.

마
지
막

봄

동영배의 봄

1988년생, 다른 이름은 태양

모자 쓰고 왔네. 모자 쓰고 올 것 같았는데.
네, 어제 늦게 끝났는데, 바로 안 자고 춤추러
갔다가 지금 일어나자마자 왔어요.

봄이 왔어요?
(한참을 가만히 있다가) 저한테, 봄이 왔죠.
완전히 왔죠.

**카메라를 설치할까요? 요새 카메라 없으면 말을
안 한다던데.**
제가요? 누가 그래요?

**내가요. 예전 같지 않게 텔레비전 예능
프로그램에서도 신나보여요. 뭔가 이겨낸
건가요?**
음, 실은 아예 신경을 안 써요. 신경이
안 쓰여요.

그렇게도 봄이 온 건가? 봄이 어떻게 왔어요?
아, 뭐라 그래야 되지? 나이를 그렇게 많이
먹은 건 아닌데요. 스물다섯이 되니까 굉장히
새롭게 느껴지는 게 있어요. 아예 다르다고
느껴요. 근데 원래 이 인터뷰를 강가에서 하기로
하지 않았나요?

**아, 그때 한탄강 얘길 했었죠. 나는 잊고
있었는데.**
그 얘길 하셨을 때 뭔가 기대했었어요.
전 경치 좋은 데가 좋아요.

**경치 좋은 데…… 가끔 능청맞은 표현을 할
때가 있어요. 덧없이 사랑하고 싶다느니.
할머니한테서 자란 애기들이 삭신이 쑤신다고
할 때랑 비슷하게 들려요. 스물다섯임을 내세운
마당에 너무 애 취급인가? 영배군 어머니는
어떤 분이세요?**
지극히 평범하신 분이에요.

**평범함이라는 잣대를 들이대면 안 평범한
사람도 있을까요?**
아주, 아주, 아주 예민하세요. 그걸 제가
닮았어요.

323

마
지
막

봄

어렸을 땐 영화 오디션을 다녔죠?
그땐 제가 정말 이쁘장하게 생겼었어요.
진짜예요. 얼굴이 통통해진 건 학원 다니면서
그랬고, 그 전엔 진짜 이쁘게 생겼었거든요.

하고 싶었어요?
아뇨.

끌려갔나요?
음, 그 당시를 생각하면 갈 수밖에 없었어요.
어떻게 된 거냐면, 아버지가 일을 잘 하시다가
IMF가 왔어요. 저는 바로 이모집에
맡겨졌어요. 연기학원도 이모네 쌍둥이
여동생들 갈 때 저도 같이 가게 된 거예요.
아직도 생각나는 게, 진짜 가기 싫다고
했거든요. 어려서도 누가 시켜서 하는 걸 그렇게
싫어했어요. 혼자 피아노 치고 음악 듣고
이런 건 좋아했는데, 가족들 모인 자리에서
어른들이 막 시키잖아요. 노래 불러라 뭐 해봐라
그런 거, 막, 정말, 너무……

개다리춤 같은 거?
네, 진짜 못했고 정말 싫어했어요. 그러니
연기학원이 맞을 리가 없죠. 가면 일단 장기를
보여야 해요. 끼를 보려고 하시는 거겠죠.

너무 쑥스럽고, 너무 창피하고, 대본을 외워서
연기하는 거 자체를 이건 아니다, 생각했어요.

생각 빼면 동영배가 아니라죠.
네, 그때부터 좀 그랬어요. 그러다 무슨
뮤직비디오를 찍는데 아역이 필요하다는 얘길
들었는데, YG라는 기획사라는 거예요.
친구 오디션에 따라가는 모양이었지만,
속으론 결심을 했었어요. 저기 꼭 들어간다.
열세 살이었어요.

열세 살, 그때 뭘 알았던 걸까요? 지금은
모르는 것을 그땐 알았던 거겠죠?
제가 YG에 들어가겠다고 엄마에게 얘기하던
찰나에 이미 모든 걸 제가 감당해야 한다는
생각을 했어요.

진짜?
아직도 기억나는 게, 뭔가를 결정해야 한다는
생각이 있었어요. 아무리 생각해도 공부는
아닌 것 같고. 그렇다고 공부를 그렇게 또 못한
건 아닌데. 진짠데, 진짜예요. 제가 생각해도
제가 머리가 나쁜 편은 아니에요.

"우리 애가 머리는 안 나쁜데"로 시작하는

어머니들 레퍼토리가 있어요.
음, 어렸을 때 그걸 본 충격이 정말 컸어요.
아빠가 하루 만에 무너지는 걸 진짜 봤어요.
그게 정말 충격이었던 것 같아요. 안 좋은
동네로 이사가야 한다, 막 그런 얘기들. 내가
빨리 가정을 일으켜야겠다는 생각을 했어요.
연기는 도저히 못하겠고, 음악은 하고 싶고.
YG에 무조건 들어가야겠다는 생각을 했어요.
어머니는 반대하시다가, 정말 그렇게 원하는
길이면 가라, 잘못되더라도 엄마는 책임
안 진다, 네가 알아서 다 해라, 그러시길래 저는
오케이했죠.

하하, 오케이.
영화니 뭐니 그때 다 선을 그어버렸죠. 사실은
힘들었어요. 연습생이라지만 가계약도 없었고,
연습실 빌려줄 테니까 여기서 하려면 해라
정도였어요. 같이 들어온 (권)지용이랑도
너무 달랐어요. 저는 제가 우겨서 들어온
거고, 지용이는 다른 회사에서 캐스팅되어서
온 경우니까요. 많이 힘들었죠. 그때도 여기
합정동이었어요.

하루하루 1분 1초가 쌓였겠죠?
의정부에서 학교도 가야 하고, 물론 시험도

보죠. 15등 이하로 떨어지면 안 된다는 룰이
있었어요. 근데 진짜로 15등 아래로 떨어진 적이
없어요. 왜 웃으세요?

하하.
가끔 얘기를 하는데, 그땐 미쳤던 것 같아요.
잠도 거의 안 잤어요. 의정부와 합정동을
오가면서 새벽 3, 4시에 자고 7시에 일어나고.
아, 제가 항상 드는 생각이, 그때 좀 제때 자고
그랬으면 지금 키보다는 한……

에이.
그냥 미쳐 있었어요. 저도 그렇게밖엔 이해가
안 돼요.

**성취동기라는 게 있잖아요. 누구에게 인정받고
싶다거나, 얼른 무대에 서야겠다거나.**
내가 이러고 있다는 자체가 너무 좋았어요.
솔직히 그게 다였어요. 중간중간 엄마가
회사를 찾아오시기도 했어요. 얘가 어떻게
되는 건가? 연습을 잘하긴 하는 건지 어떤지.
그때 제가 엄마한테 한 얘기가, 엄마 나는,
가수 해서, 뭐 한국에서 1, 2위 하고 뭐 그런
생각으로 하는 거 아니거든요?

와우.
하하, 내가 하면 빌보드 1위를 했지, 무슨 국내에서 뭐 어쩌고 그런 거 아니라고, 엄마가 굳이 이렇게 여기 와서 걱정 안 해도 될 것 같다고. 그런 얘기를 했던 게 기억이 나요.

무엇을 꿈꿨던 걸까요?
가수가 된다는 그림은, 항상 말도 안 되는 크기의 돔에서 꽉 찬 관객 앞에서 노래하는 그림이었어요. 나도 거기서 할 것 같았어요. 당연히 나도 저기서 하겠지.

식구들 앞에서 개다리춤은 못 췄어도?
하하, 모르겠어요. 전혀 달랐어요. 그땐 랩을 연습했어요. 주변에 랩 하는 형들밖에 없고, 랩 진짜 열심히 했어요. 지금하고는 스타일이 달라요. 지금 트렌드는 랩과 노래의 구별이 느슨해졌는데, 그땐 랩은 정말 그냥 랩이었거든요. 솔직히 말하면 잘 쫓아가지 못했던 것 같아요.

잘 못하는 걸 붙잡고 있는, 잘하고 싶고 꿈은 꿈대로인, 그건 좀.
그죠. 참 힘들었어요 그때.

그러다 랩이 아닌 노래는 어떻게 시작했어요?
근데 또 생각해보면, 제가 어렸을 때부터 노래하는 걸 진짜 좋아했어요.

하하.
진짜예요. 좋아하는 노래를 방문 닫은 채 계속 듣고 계속 외웠어요. 가사가 아니라 발음을 그냥 외우는 거예요. 랩 하면서 노래를 잊었던 거죠. 그러다 열다섯 열여섯에 R&B 신이 왔어요. 노래를 해야 되겠다는 생각을 그때 했어요. 변성기라 그것 역시 잘 안 됐는데, 브라이언 맥나이트, 보이즈 투 맨, 스티비 원더를 들으면서, 내가 랩을 들었을 때 느끼는 감동보다 노래를 들었을 때 받는 감정이 훨씬 크다는 걸 알았어요. 단 한 번도 랩을 듣고 눈물을 흘린 적은 없지만 노래를 들으면서는 그때 참 많이 울었어요.

울었다면, 달리 할 말이 없죠. 그런데 의정부 소년은 서울 소년과 다르죠?
드세죠. 달라요. 많이 달라요. 저는 거기서 살았기 때문에 확실히 말할 수 있어요. 학교도 평준화가 안 되었을 때라 공부 잘하고 괜찮은 애들 가는 학교가 있고, 그냥 보통 하는 애들 따로 가고, 정말 그냥 아무것도 안 하는 애들끼리 모이는 데도 있고.

어디에 속했죠?
저는 지극히 중상위로.

주먹 좀 썼다는 소리 들었는데.
아 그게, 소문이 좀 와전된 게 있어요. 그게
바로 서울 애들이랑 의정부 애들 차이인
것 같아요. 왜냐면 의정부 애들은 누구를
만나면 하는 얘기가, 니네 학교 짱이 누구야?
이러거든요. 제가 지용이 처음 만나서
그 얘길 한 거예요. 니네 학교 짱이 누구야?
지용이가 이런 거 저런 거 얘기해주고, 그럼
너는 몇 위냐고 하더라고요. 누구 다음, 누구
다음은 나. 내가 한 세번째쯤 될걸? 장난으로
그러는 건데, 뭐 춤추는 걸 좋아하니까 주변에
늘 그런 애들이 친구긴 했어요. 그게 그렇게
와전되어서. 나쁜 짓만 안 했지, 진짜 장난
많이 쳤어요. 수업 방해. 막 헛소리하고, 괜히
선생님한테 딴지 걸고, 다 아는 애들이니까
너무 편했고, 그게 끼였던 것 같기도 해요. 만날
복도에서 춤추고 노래하고.

그땐 나가서 하라면 했어요?
아, 근데 또 반대표라든가 이러면…… 저는 정말

멍석만 깔면.

저런. 태양이라는 이름은 본인이 지었죠?
빅뱅 하기 전에 객원 래퍼로 태권이라는 이름을
사용했어요. 그거 제가 정말 안 좋아했어요.
앨범 나온 다음에 알았어요. 내 이름이
태권이구나. 근데 그 이름으로 빅뱅까지
하기는 너무 싫은 거예요. 어린 마음에 느낌이
뭐였냐면, 이름을 아예 완전히 바꾸면 혼날
것 같으니, '태'는 살려야겠다, 태양이라고
해야겠다. (양)현석이형은 별로라고 했는데,
저는 마음에 들었어요.

**물론 〈거짓말〉을 알았지만, 처음 주목한 건
〈나만 바라봐〉였어요. 여름이면 갑자기
그 노래가 생각나는데, 그건 계절을 준다는
거죠. 그 노래가.**
벌써 한 5년 전인데.

327

'벌써'예요?
네, 그렇게 느껴요. 그때 당시만 해도,
제 주변에 프로듀서가 없었어요. 처음엔
솔로앨범을 얼굴도 모르고 이름도 모르겠는
외국 작곡가에게 곡 받고 막 그런 식으로
진행했어요. 아무리 생각해도 이렇게 하면

마
지
막

봄

"이건 〈나만 바라봐〉 뮤직
비디오 촬영할 때 썼던 모자
예요. 그나저나 세척 좀 해
서 드릴 걸 그랬나봐요."

Cap / Oliver Laric 2012, Seoul

"정말 갖고 싶었던 거예요. 이 팔찌는 데뷔 초 생일날에 멤버들이 돈을 모아서 사줬어요. 그땐 돈도 별로 없었을 땐데."

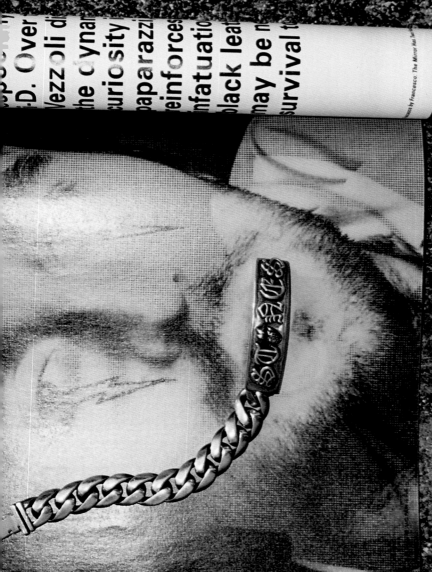

안 될 것 같다는 생각만 가득했죠. 마음을
만지는 곡이 없고. 원래는 솔로앨범을 더 빨리
내기로 했는데, 제가 너무 모든 걸 커트하니까
사장님이 너랑 못 하겠다고 하하. 저는 계속
기다렸죠. 한편으론 갈피를 못 잡았고요.
년쯤 지나고 테디 형 들어오고 그렇게 됐는데,
어느 날 테디 형이 어젯밤에 만들었다는 곡을
들려줬는데, 제가 그렇게 그리고 그렸던
그 음악. 와, 이건 정말. 제가 그걸 숨기질
못했어요. 정말 좋아, 이거 너무 좋다고,
나 진짜 이런 걸 하고 싶었다고. 너무 많이
표현했어요.

그림을 그린다는 말. 제가 존경하는
부문이라는 아티스트가 이런 말을 했어요.
"사진가는 필연적으로 사냥꾼처럼 되기 쉽지만
대 경계해야 한다. 모든 에너지를 다해
하는 그림을 꿈꾸면 반드시 그게 온다."
비주의가 아니라 불가결한 세계로서. 물론
력과도 다른 얘기고요.

맞아요. 무슨 말인지 알겠어요. 그 말이
말 좋은데요? 굉장히 추상적으로 들릴지
르지만, 저는 항상 그랬어요, 어떤 것을 하고
다고 느꼈을 때 그 그림이 사진같이 와요.
게 항상 그렇게 오더라고요 똑같이. 그런

그림이 안 그려질 때가 사실 있어요. 그럴 땐
하면 안 되는 것 같아요. 좋은 음악을 찾아야지,
좋은 음악을 해야지, 그렇게 해서 되는 건 아닌
거 같아요. 그림을 그리면서 기다리는 거죠.

그러지 않으면, 내일 당장 촌스러워질지도.
맞아요. 정말 그래요.

다섯번째 만나는데, 오늘이 유난히 다른 사람
같아요. 왜 그렇죠?
달라졌어요. 성격도 변했어요. 불과 한 1년
전에 비해서 또 변했어요. 때가 되어서 이렇게
된 게 아닌가 해요. 변하려고 노력하진
않았는데, 요즘 신나고 밝게 보이는 모습도
그저 저의 일부인 것 같아요.

무엇을 통과한 걸까요?
여러 계절을 지난 것 같아요.

2012년 빅뱅 월드투어 첫 무대에서 세션 한
사람 한 사람 이름을 끝내 잘 소개하려는 걸
봤어요. 함성 가득한 분위기 속에 묻혔지만 하필
그런 장면에서, 그렇지 태양이 저렇지, 그런 걸
느껴요. 당연한 건데, 한편 왜 그게 짠한지.
하하, 저도 왜 그런지 모르겠는데 저를 관심

있게 보시는 분들이 그런 얘길 하세요. 제가
봐도 제가 좀 그렇긴 해요.

없는 걸 있다고 하진 않겠구나, 그런 느낌이
있어요. 굳이 거짓말을 해야지, 하는 사람도
없겠지만 말을 따라가다보면 자기도 모르게
이런저런 수렁을 만들기도 하고 스스로 빠지기도
하지요. 근데 동영배는 그런 게 없죠.
실은 질문을 받으면 갑자기 생각하느라 정신이
없어요.

태양이라는 가수가 지금을 바라보는 방식은
뭐예요?
아, 되게 잘 말하고 싶은 질문이네요. (한참
말이 없다) 이렇게 얘기하면 이게 맞을지
모르겠는데, 스물다섯 살이 된 시점에서 가장
많이 들었던 생각이 아, 나한테 시간이 많이
없는 것 같다. 근데 그 생각을 하고 나서
굉장히 여유가 생겼어요. 이상하게 더 여유가
생겨났어요. 이게 뭐예요? 이걸 어떻게 말해야
해요? 저도 잘 모르겠어요

오히려 어떤 대범함이 생겼다?
스물다섯이 되자마자 나이를 생각했어요. 지금
내가 할 수 있는 걸 정확히 하고 싶어요.

어서 솔로 무대를 하고 싶다든지 그런 것과는
상관없이 들려요.
네, 상관없어요. 그게 무엇이든, 여행이든
노래든 춤이든 그냥 나를 중심으로 모여 있다는
생각이 들어요. 실은 저를 바라보는 사람들의
시선도 잘 느끼지 못해요. 뭔가를 의식하지
않게 됐달까요? 그래서 신나요. 전 요즘 너무
즐거워요. 그냥 저 자신이 된 것 같아요. 어떻게
들으셨을지 모르겠지만, 전 이번 앨범이 마음에
들어요. 어떻게 들으셨어요?

〈배드 보이〉 훌륭해요.
저는 정말 뚜렷해졌어요. 전에는 헤맨다는
느낌이 있었어요. 제가 좋아하고, 하고자
하는 방향은 확실히 있는데도, 막상 하려면
항상 헤맸어요. 무거웠고요. 지금은
짙어졌어요. 이젠 어떤 노래를 해도 어떤
음악에 어떤 춤을 춰도, 내 색깔이 그것보다
더 짙어요. 이제 헤매지 않아요.

태권!
하하.

책을 읽기도 하나요?
책이요? 아, 요즘엔 많이 안 읽었어요.

333

마
지
막

봄

문득문득 나는 연예인하고 되게 안 맞는
사람이구나 느낄 때가 많아요. 아쉽다고
생각하진 않아요. (한참 후) 그런데 내가
자극적으로 보이지 않는다는 문제 자체를
생각해본 적이 없는 것 같아요.

갑자기 죄지은 얼굴을 하고 그래요?
솔직히 말씀드리면, 만화책 되게 좋아해요.

태양에게 '사람들'이란 어떤 존재죠?
나를 보면서 어떤 생각과 영감을 얻었으면
좋겠는 존재들.

만화책 좋아한다 말하는 게 부끄러워요?
『원피스』라는 만화책 모르시죠? 저한텐
최고예요.

정말 그런 생각을 해요?
네, 전 그런 사람이 되고 싶어요.

소년은 남자가 되었나요?
어떤 의미에서죠?

**여유를 갖고 있다는 게 좋죠. 여유는 누가 덥썩
안겨주는 게 아니니까.**
시간만 나면 여행하고 싶어요. 예전에,
여행은 항상 좋다고 얘기해주셨잖아요. 사실
그때까지만 해도 그게 왜 좋다는 건지 잘
몰랐어요. 이전에도 여행할 기회는 충분히
많았지만 제가 안 했어요. 일단 혼자 가면
재미도 없고. 그러다 우연찮게 일이 됐든 뭐가
됐든 이곳이 아닌 다른 곳에 있다는 것의
신선함이랄까? 제가 여행을 많이 하진
않았지만, 작년에 일본 오키나와 가서도 느낀
게, 여행지에선 뭔가 잃어버렸던 걸 찾는 느낌이
들어요. 내가 이런 걸 되게 좋아했었지, 내가
어렸을 때 이랬지. 새롭게 느껴요. 어디든
다니고 싶어요.

모르겠어요.
되어가고 있는 것 같아요. 됐다고 말할 수는
없어요. 되진 않았거든요.

**그럼 되어간다는 건 어떻게 알아요? 신호가
있어요? 압력밥솥은 칙칙 소리를 내죠.**
바로 그거예요. 정확해요.

글쎄요, 뭐가 정확해요?

**신기하게도 그토록 눈에 띌 텐데도,
자극적이지는 않아요.**

신호를 느껴요. 진실한 사람을 사귀고 싶다는
생각이 진짜로 들어요. 전엔 그런 생각이 안
들었어요. 그리고 이건 좀 다른 측면인데
멤버들에 대한 마음이라고 해야 되나? 예전이랑
비교가 안 될 만큼 뭔가 커졌어요. 지금을 함께
살고 있다는 생각이 들어요.

**2010년 여름, 솔로로는 두번째 콘서트였던
'솔라Solar'에 대한 영상이 남아 있어요. 같은
곳에 있었지만 전혀 다른 이미지일 거예요.**
아…… 참, (한참 후) 음…… 아련해요.
애틋하고요. 그래요.

시간이 지난 것 같아요?
네, 많이 지난 것 같아요. 그때랑은 참 달라진
것도 같고요.

사람들은 언제나 한결같길 원하죠.
네, 맞아요. 내가 아무리 달라졌다 해도
받아들이지 않으려는 사람들도 있을 거예요.
그 콘서트가 애틋하다는 말은, 그때만의
감정이 있었어요. 그런 콘서트는 다시 안 올 것
같았어요, 왜 그랬는진 모르겠어요. 마지막인
것 같고. 울적하고 미묘했어요.
그 기억으로부터 관객과 다시 만나겠지만,

그때를 생각하면 좀……

**누구의 어떤 음악을 듣든, 행복했으면
좋겠다고 말했죠?**
네, 좋은 음악이라면.

**첫 자작곡 〈Take It Slow〉를 다시 생각하기도
하나요?**
그 노랠 들을 때마다, 이게 앨범에 안 들어갈
뻔했는데, 이 생각이 제일 많이 들어요.

**이젠 가사 외워요? (콘서트 때 그는
가사를 놓쳤다)**
외워요.

거짓말.
못 외워요.

**〈Take It Slow〉의 'slow'는 소년을
보호해줘, 라는 뜻인가요?**
하하.

**몇 년 전에 인터뷰할 땐, 술 마셔라 타락해라
그런 얘기를 밑도 끝도 없이 했는데, 지금은
그런 말이 전혀 필요 없어 보여요. 심지어 술을**

335

마
지
막

봄

끊은 사람 같기도 하고. 하지만 연애를 해봤네
안 해봤네 하는 얘기를 여전히 흥미로워들 하죠.
그 방식은 항상 태양을 곤란하게 하고요.
그런 얘길 들을 때마다 생각했어요. 그게 뭐가
그렇게 중요한가? 아니, 그게 그렇게 중요해?

냉장고에 복분자 들어 있을지 어떻게 알아요.
하하, 페리에만 있어요.

못 먹는 음식이 있다면?
혐오식품 정도.

고깃국에서 파를 골라내거나.
그런 거 싫어해요. 편식하는 거. 남이 그래도
싫어해요. 그런데 저 맛있는 거 되게 잘 찾아요.

어떻게요?
그게, 그러니까 감이에요. 딱 보면 알아요.

맛도사 동도사?
네, 누가 맛있다고 사오면, 저게 이런 맛일
텐데…… 그럼 딱 맞아요. 뭐랄까, 맛이란
게 뭔지 알 것 같아요. 저는 솔직히 엄마
음식도 무조건 맛있다고 생각하지 않을 만큼
객관적이에요. 보면 알아요.

무엇을 봐요?
그 텍스쳐랄지, 이런 식감에 이런 맛이
나오겠구나.

본인 입맛에 대한 신뢰는 어디서 왔어요?
처음엔 내가 그런가? 했는데, 어느 순간
주변 사람들이 저한테 묻기 시작했어요. 먹기
전에 물어봐요. 어떤 게 맛있겠냐고.

그래봐야 햄버거 맛이나 안다는 거 아닐까
하는 의심이 드는데.
음, 무슨 의심인지 알겠어요. 근데, 그건
확실해요. 어떤 음식을 먹었을 때, 이 음식이
진짜구나 하는 느낌이 있어요.

여기가 한국이라는 건 어때요?
솔직히 말씀드리면, 어렸을 때, 왜 엄마가
나를 미국에서 낳지, 그런 생각도 했어요.
근데 지금은 한국사람이라는 게 너무 좋아요.
한국이라는 나라를 막 사랑하고 이런다기보다
한국인이라서 가능한 게 너무 많은 것 같아요.
우선 어느 나라도 우리나라 같은 음식이 없다는
생각이 들어요. 음식 얘기를 자꾸 하게 되는데,
정말 다양하잖아요. 누구도 맛보지 못한 맛을
아는 거잖아요. 미국 애들은 죽었다 깨나도

청국장이 뭐가 맛있는지 모를 것 아니에요.
또 뭐가 있을까요.

깻잎.
맞아요 깻잎. 우리는 알잖아요. 그게 음악을
하는 데 감성으로 나오는 거 같아요. 걔네들이
전혀 모르는 감성이 우리에게 있다니까요.
흉내도 못 낼 그걸 갖고 있다고 생각해요.

태양의 음악적 근본은 청국장이었다?
하하, 그렇다고 또 그렇게까지.

음, 나는 한국말이라는 게……
아! 그 얘기 제가 하면 안 될까요?

해봐요.
음, 정말 한국말이 최곤 거 같아요. 미친
것 같아요. 노랑이 영어로는 '옐로'지만
조금 바래면 우리는 '누리끼리'잖아요. 눈이
침침하다, 이런 말이 없잖아요. 그런 말이 어느
언어에 있을까요? 그런데 저는 한국인이라서
그런 말의 차이나 감성을 알잖아요.
그것이야말로 저의 가장 커다란 보물인 것
같아요. 일본어로도 노래해보고 영어로도
하지만, 제가 제 감정을 정확히 표현하는 말은

한국말이니까요. 우리 옛 노래 가사를 보면,
조용필 노래의 가사를 보세요.

**정확하게 말하는 좋은 가사로부터 태양의 음악은
훨씬 풍부해질 수 있을 거예요.**
네, 정말 그럴 것 같아요.

그러니 책을 가까이 두고.
하하, 네.

**'진심'이라는 말을 아이돌 취급 받는
가수로부터 듣는 건 여전히 낯설어요. 그 말을
어떻게 간직하고 있죠?**
제가 변했다고 말하고, 변화가 나쁘지 않다고
말하고, 때가 된 것 같다고 말하지만, 사람들은
한결같길 원한다고 하셨잖아요. 근데 '진심'은
변하지 않는 거 아닌가? 그건 내가 바꿀 수
있는 게 아니지 않나요? 머리 스타일이 변하고
태도가 변해도, 음악으로 전하고 싶은 그
자체는 변할 수 없다고 생각해요. 그건 내
의지로 만드는 게 아니에요. 가창력 좋은 가수,
퍼포먼스 좋은 가수 많지만, 제가 인정할 수
있는 건 진심을 느낄 때뿐이거든요? 그건
언제나 그대로예요. 사실 제 귀에 제 노래가
들리기 시작한 지 얼마 안 됐어요. 이제는

Sleeveless / Wolfgang Tilmans 2012, Seoul

"그냥 흰 티죠 뭐. 아, 잘 찢어져요."

"이거 저 닮지 않았어요?"

마지막 봄

제 목소리를 정확히 들을 수 있어요. 예전엔
모니터해야 하니까 듣는 식이었거든요? 예를
들어 시간이 나서 조용필을 듣고 마이클 잭슨을
듣고 하는 식으로 제 음악을 듣진 못했어요.
왜 이렇게 불렀을까, 이런 감정으로 불렀어야
하는데, 그런 생각이 지금은 없어요. 다른 어떤
가수의 음악을 듣는 것과 제 노래를 똑같이
들을 수 있어요.

**빅뱅 콘서트 무대에서 솔로 무대를 할 때,
〈웨딩드레스〉와 〈웨어 유앳〉과 〈나만 바라봐〉를
했죠. 〈아이 니드 어 걸〉이나 〈아일 비 데어〉가
아니라.**
〈아이 니드 어 걸〉을 안 하게 돼요. 좋은
노랜데, 무대에서 하기엔 뭔가 부족하게
느껴요. 그 세 노래를 하는 이유는 저한테 제일
잘 맞는 옷인 것 같아서예요. 연기하라면
연기할 수 있지만 그러고 싶지가 않죠. 한없이
자유롭게 표현하고 싶어요.

**프루스트의 질문이라는 게 있어요. 마르셀
프루스트가 친구들과 놀면서 고안한 질문들인데
한번 대답해볼래요? 자 그럼 시작. 본인의
한 가지를 바꿀 수 있다면?**
(한참 후) 아무거나 되는 거죠? (한참 후) 저의

너무 많은 생각을 없앴으면 좋겠어요.

최고의 행복은?
아…… (한참을 멍하니)

이럴 줄 알았어요. 이렇게 뜸들일 줄 알았어요.
그니까요. 제 생각을 좀 없애고 싶어요.
답하려는 순간에도 이 말이 맞나? 이 말이
진짜인가? 이게 질문에 맞는 답인가? 계속
생각나서.

최악의 공포는?
전 무서운 건 없는데.

뱀 안 무서워요?
뱀이요? 뱀은 별로.

살아 있는 사람 중에 존경하는 사람은?
(한참 후) 아……

넘어가요 그럼.
아뇨, 저 지금 공포 생각하고 있어요 아직.

생각났어요?
아뇨. 근데 저는 귀신도 안 무섭거든요.

벌 어때요, 말벌.
벌요?

쥐는요?
쥐요?

새 무섭잖아요. 홍학이나 닭.
닭요?

지금 하나하나 다 생각중?
하하, 아! 저 바퀴벌레 무서워요.

나오면 못 잡아요?
그거 뿌려요.

이야기 속 인물 중에 동일시하는 사람이 있다면?
루피요. 『원피스』에 나와요.

당신이 누리는 최고의 호사는?
사람들의 관심.

좋아하는 여행은?
(한참 후) 브라질에 가고 싶어요. 거기서
해가 뜨는 모습을 꼭 보고 싶어요. 그리고
리우데자네이루 언덕 꼭대기에 있는

그리스도상을 꼭 제 눈으로 보고 싶어요.

어떤 경우에 거짓말을 하나?
난처할 때.

외모에서 마음에 안 드는 것은?
없어요.

가장 경멸하는 사람은?
보자마자 반말하는 사람.

남용하는 단어가 있다면?
요즘은 부쩍 "콜이에요"를 자주 써요.

콜을 안 하는 사람이었나봐요.
뭐든 하기 전에 얘기를 듣고 이해를 해야
했으니까요. 요샌 그냥 콜이에요.

최고의 사랑은?
(한참 후) 음, 최고의 사랑.
(한참 후) 딱 한 번 있었어요.

딱 한 번?
제가 진짜 좋아했던 사람이.

343

마
지
막

봄

정도로 정말 좋아했었던 것 같아요.

여전히 그 사랑으로부터 어떤 영감이 있나요?
그죠. 진짜 많이 좋아했던 것 같아요. 다른
사람을 그때처럼 좋아할 수 있을까 하는
생각이 들어요. 그 감정이 여전히 뚜렷하고.
이 사람이면, 지금 하고 있는 일을 바꿔서라도
만나고 싶다는 생각을 했던 것 같아요. 근데
잘 안 됐어요. 끝이 안 좋았어요. (얼마 후)
그런 사람을 다시 만날 수 있을까.

**그럼 누군가를 사랑한 경험이 없었던 게
아니네요.**
아니죠. 저는 분명히 말할 수 있어요. 저는
사랑을 해봤어요. 연애를 안 해봐서 그렇지.

가장 갖고 싶은 재능은?
저요? 날고 싶어요.

짝사랑이었다는 얘긴가?
그렇다고는 할 수 없어요. 분명한 건 제가
그 사람을 너무 좋아했고, 그 사람도 그걸
알았고, 그 사람도 저를 좋아했어요. 제가 정말
많이 좋아했던 것 같아요.

지금의 감정상태는?
지극히 차분합니다.

오래된 얘기예요?
아주 어릴 땐 아니에요. 데뷔하고 얼마
안 되었을 때니까. 이 얘긴 처음 하네요.
멤버들도 모르고.

가장 좋아하는 꽃은?
해바라기.

진짜?
아뇨. 왜 갑자기 해바라기가 나왔죠?
저 선인장요.

왜 한 번도 말하지 않았어요?
다들 연애경험을 물었어요.

**'내가 했던 게 연애였나 사랑이었나, 이 질문이
사랑에 대한 건가 연애에 대한 건가' 그 생각을
하다가 지금의 '연애무경험자 태양'이 된
거라고요?**
그렇게 됐어요. 이런 말 하면 좀 그렇지만,
앞으로 그런 사람이 나타날 수 있을까 싶을

자신이 이룬 최대의 업적은?

업적요? 업적까지는.

가장 아끼는 소장품은?
저는 아끼는 게 없습니다. 흰 티를 좋아해요.

살고 싶은 곳은?
한국.

마시든 연인을 만나든 어떤 희열이 있을 텐데,
저는 그걸 노래로 느껴요. 저는 지금이
절정인 것 같아요. 하지만 욕심이 없어요.

가장 두드러지는 특성은?
우유부단.

하하, 남자에게 가장 필요한 매력은?
열정.

하필 욕심이 없다.
쫓기지 않는다는 뜻이에요. 그림을 그리는
음악이 나올 때까지는 기다릴 거예요. 그게
제게 맞아요.

여자에게 가장 필요한 매력은?
여자다움.

탐닉하는 주제가 있다면?
'Real Recognize Real'이라는 말. 저는 제가
이 말을 떠올리고 제가 만든 말인 줄 알았는데,
그런 말이 원래 있더라고요.

그러니 기다려라?
정말 그건 모르는 일이에요. 당장 내일이
될 수도 있잖아요.

그런 얄궂은 말.
실은 올해를 목표로 작업하고 있어요. 이미
준비했고 계속 준비하고 있어요.

**프루스트의 질문은 여기까지. 지금 태양에게
노래란 어떤 거죠?**
노래는 나에게 (한참 후) 기쁨이에요. 술을

345

뭔가 있구나?
있어요. 분명히 있어요. 근데 제가 궁극적으로
하고 싶은 말은, 저는 지금 욕심을 안 낸다는
거예요. 음악적인 욕심이야 끝도 없어요. 저는
지금이 제 전성기라고 생각해요. 음악 외에는
아무 생각이 없어요. 근데 그게 저를 힘들게
하지를 않아요. 제일 좋은 컨디션이에요.
뭔가를 받아들이고 표현하고. 예전에도 음악을

마지막 봄

최우선에 두었지만 그걸 짐으로 느끼기도
했어요. 근데 지금은 전혀 그런 게 없어요.
나를 막 괴롭혀가면서까지 해야겠다는 그런
욕심이 없어요. 내가 이런 음악을 하면 사람들이
이렇게 볼 텐데, 이런 욕심이 없어졌어요.
정확해졌어요, 내가 그린 그림을 향해 가고
있어요. 모든 게 확실해요. 그렇기 때문에 제겐
욕심이 없어요.

게으름이 아니라 평화가 있네요.
네, 바로 그거예요.

어제 춤을 췄다고 했죠?
스케줄은 새벽 1, 2시에 끝났는데, 피곤한데도
그냥 클럽에 갔어요. 3시간쯤 추다 왔어요.
어느 시점이 되면 제 몸이 음악이 되는 것 같은
기분이 들어요. 처음 듣는 음악이라 해도
몸이 움직여요. 생각 없이. 제가 봤을 때는
거기서 오는 희열은 술이나 이런 것과는 비교가
안 될 것 같아요. 그걸 좀 알아챈 것도 있어요.

춤은 한계를 키워나간다는 생각도 들어요.
출수록 더 다다를 수 없는 곳으로 가는 것 같지
않을까. 몸이라는 게 그렇지 않을까 막연히
그런 생각이 들어요.

저도 예전엔 노래와 춤이 다르다고 느꼈거든요?
그런데 똑같아요. 지금으로서는 다를 게
없어요. 저 스스로 어려운 얘기가 아니에요.
제가 느끼는 감정이 서로 통해요. 아주
똑같아요.

한국에서 춤을 제일 잘 추나요?
춤을 잘 춘다는 게, 감히 아무도 못한 동작을
할 수 있다거나 그런 게 아니라고 생각해요.
그건 뽐내기 묘기겠죠. 그 안에 흥이 없으면
춤을 춘다는 자체가 성립이 안 되는 거 같아요.
가끔 텔레비전에서 어르신들이 술에 취해
흥을 못 이겨 추는 춤을 봐요. 저는 그게 진짜
춤이라고 생각해요. 제가 춤을 제일 잘 춘다는
말은 이렇게 바꾸고 싶어요. 제가 추는 춤
안에서의 흥이라면 세상 누구보다 정확히 느낄
수 있어요.

외로운 건요?
어떻게 들으실지 모르겠지만, 제가 외로운
단계는 지난 것 같아요. 항상 혼자 해야 했어요.
막 반겨주는 아이도 아니었고. 외로움과는
만날 싸웠다는 생각이 들어요. 나는 지금 싸우고
있다는 생각이 들었어요. 정말 많이 울었어요.
이제 제 영혼의 수준이 외로움을 느낄 레벨은

아닌 것 같아요.

레벨이라고요?
네. 외롭다는 게…… (한참 후) "나는
외로워"라고 얘기하고 싶지 않다는 거지,
외로움이라는 감정 자체는 정말 저에게
소중해요. 그런 감정을 느낄 때 나오는 생각들을
써놓기 시작한 지 얼마 안 됐어요. 평소에는
생각에도 없던 단어들이 어느새 진짜가 되어
저에게 다가오거든요. 그럴 때면 저를 그냥
내버려둬요. 그때 쓰는 글귀와 부르는 노래는
그 어느 때보다 나 자신 같아요. 그런 의미에서
즐겁죠.

그리운 건?
그리운 건 많아요. 요즘 들어서 옛날 친구들
생각을 많이 해요. 이 일을 하면서 정말 많은
이별을 했어요. 가장 가까이서 지내는 매니저
형들도 그렇고 사람들에 대한 그리움이 있어요.
(한참 후) 근데 제가 오늘 참 진솔한 얘기를
한 것 같네요.

무슨 얘길 했는데?
글쎄요, 지금의 제 얘길 한 것 같아요.

계속 지켜봐달랄 건가요?
솔직히 말씀드리면, 누구도 저를 지지하고
응원하고 지켜봐야 할 의무나 이유는 없어요.
그렇잖아요. 저는 국회의원 선거에 나간 사람도
아니고요. 저는 제가 할 수 있는, 제가
좋아하는 음악을 하고, 그걸 듣는 사람에게
힘이 되었으면 좋겠고, 그게 전부예요. 정말
좋아서 하고 있어요. 언제나 이렇게 음악을
할 거예요.

이제 들어가면 자야죠?
음, 일단 생각 좀 해보고요.

마
지
막

봄

듣고 있나요

"끝내 우린 스쳐가나요."

저 노래의 무엇이 아름다운지 모르고 있다.

이거 불러줘, 라고 말했을 때 그는 눈으로 웃었다.

나는 바에 앉아 노래를 들으며

맥주와 멜론을 연신 먹었다.

모든 게 완벽하다고 생각했었나?

이만하면 됐다고 안심했었나?

편의점 앞에서 담배를 털고 우린 쉽게 헤어졌다.

멀쩡한 집 놔두고 든 모텔의 불순함.

더러는 푸른색도 나는 방.

아는 냄새.

모텔에서 나온 아침 8시 반의 햇빛은

태양이 아니라 외계인이 쏘는 광선 같았다.

숨어서 복국을 뜨고, 집에 와 냉장고를 열어보니 토마토가 있었다.

며칠 전엔

불려나가

처음 보는 사람과 마주앉아 서로의 학력을 비웃으며 술을 마셨다.

기분 나쁘냐 물으면

너를 귀여워하고 있는 중이라 답했다.

그런 대화를 좋아했다.

조금쯤 멍청한 것들과

그 어떤 공통점도 찾지 않으며

순수의 대화를 나누는 것

원하지 않으니,

더이상 어떻게 순수하니? 하늬바람

그러고는 전혀 다른 사람과 모텔에 갔다.

⟨듣고 있나요⟩를 듣고, 나는 ⟨뜨거운 안녕⟩을 불렀다.

됐고, 쿵짝거리니까 좋잖아?

하지만 ⟨뜨거운 안녕⟩ 따위를 잘 부르는 사람이고 싶진 않다.

부르다 말고 웃었지.

너도 웃는 것 같았어.

어디에 있니

집을 나서려고만 하면 열쇠가 보이지 않는다. 어젯밤 들어와 어
다 픽 던졌는지, 그래서 벗어놓은 옷더미 속에 숨었는지, 키보
ㅡ 옆 신발장 위 식탁 주변 머리맡…… 있을 법도 한데, 없다. 열쇠
ㅗ 문을 열고 들어오긴 한 걸까?

한번은 찾다찾다 결국 열쇠집 아저씨를 불렀다. 그러느라 약속
ㅔ 늦었고, 되려 전화기 이쪽이 소리를 질렀다. "나도 몰라! 열쇠
ㅏ 없는데 어떡해!" 열쇠 관련 사고가 어제오늘 일이 아님을 아는
ㅣ구는 뭐라 대꾸하는 대신 말이 끝나기도 전에 전화를 끊었다. 똑
ㅗ한 것. 아저씨가 오셨고, 물 한 잔 드리려고 냉장고를 열자, 달
ㅑ꽂이에 사선으로 박혀 있는 것은 열쇠였다. 집으니 차가웠다.
ㅏ를 알 수 없다.

문을 잠그고 길을 나섰다. "용산요. 국립박물관. 아니 하얏트,
ㅑ얏트 호텔 가주세요." 오랜만에 시트가 깨끗한 택시가 잡혔다.
ㅓ런 날이었다.

도어맨이 택시 문을 열어주면 나 역시 목례를 한다. 그리고 쉼표
ㅘ 쉼표 사이를 읽는 속도로 로비를 통과한다. 그 10여 초를 나는
ㅏ랑했다. 극장에서 쓸데없는 영화에 만 원을 썼을 때보다 하얏트
ㅔ라스에서 해물수프를 먹으며 만오천 원을 쓸 때가 더 좋았다. 거
ㅣ 그리고 앉아 있으면 권태가 강 건너까지 자욱했다. 아무것도 하
ㅣ 싫으니까, 만사가 남의 일이니까. 물잔에 물이 떨어지면 스르

마지막 봄

르 다가와 물잔을 채워놓고 가니까. 나는 불안하지 않아. 모든 게
괜찮기만 해. 고속버스에서 아지랑이를 보는 것 같아. 누추한 건
너일 거야. 여기에 없는.

　멀리 강남은 모래로 그린 그림 같았다. 입자 하나하나가 모두 모
래일 뿐이라서, 불면 사라져버릴 것 같기도 했다. 하지만 눈을 감
는다. 다시 한번 말하지만, 불안하지 않아.

　걸어서 리움에 갔다. 김수철의 〈화훼도대련〉 앞에서 기운이 쪽
빠져서는 집으로 돌아왔다.

　마지막으로 편지 뭉치를 꺼냈던 게 언제였지? 싱크대 맨 위 선
반으로 손을 뻗어 그것들을 잡았다. 손아귀가 제법 벌어졌다. 아
흔두 통, 모든 봉투엔 작은 내 이름과 큼지막한 네 이름이 쓰여 있
다. '부치지 못한 편지'는 아니다. 부치려고 쓴 게 아니었으니까.

　5년 전 헤어지고 나서 하루에 한 통씩 편지를 썼다. 2년 전부터
는 심심할 때 한 통씩 꺼내 읽는다. 아직 열어보지 않은 봉투는 스
물일곱 개. 어떤 건 물에 젖었다 말라 쭈글쭈글 바삭거린다. 사진
넘기듯 그 봉투들을 하나씩 뒤로 넘긴다. 마음은 넘어가지 않고 쌓
인다.

　이게 그러니까…… 사랑은 아니지. 사랑이 아니라면 뭐냐고 묻
진 않는다. 하나 마나 한 질문 따위. 열어보지 않았던 것 중에 두
개를 새로 뜯었다. 바지를 벗고 누워서 그것을 올려다보았다. 글
자들은 가루나 눈처럼 쏟아지지 않고 종이에 붙어 있었다. 지가 무
슨 별이야? 반짝이지도 않을 거면서.

　깨보니 아침. 창밖의 빗소리가 알람인 날. '고맙습니다' 중얼거
리며 화분 다섯 개를 창가에 내놓고, 어제의 편지들에 고무밴드를
튕겨 묶었다. 이 편지를 여기 싱크대 맨 위 선반 로젠탈 접시 밑에

아두었다는 걸 기억해야 한다. 내가 여기 있다면, 너는 거기 있

야 하니까.

새벽

깨어나 깬 줄도 모르고 벽에 걸린 마름모를 본다. 반이 꺾인 평행
ㅏ변형이기도 이등변삼각형 여럿을 이어붙인 것이기도 한 얇은 나
ㅓ 피사체. 어둠에 묻히지도 바람에 흔들리지도 않는다. 두 점을 잇
ㅡ 가장 짧은 선 그리고 리듬. 컴퓨터를 켜니, 21번가 가고시안엔
ㅓ처드 아베돈이 걸려 있나보다. 필름 3장을 이어붙인 것은 길이가
ㅣ터고 높이가 3미터를 넘었다. 있는 대로 몸을 펴면 나는 179.8센
ㅓ미터. 4층에서는 가로등이 내려다보인다. 보니 비는 갰다.

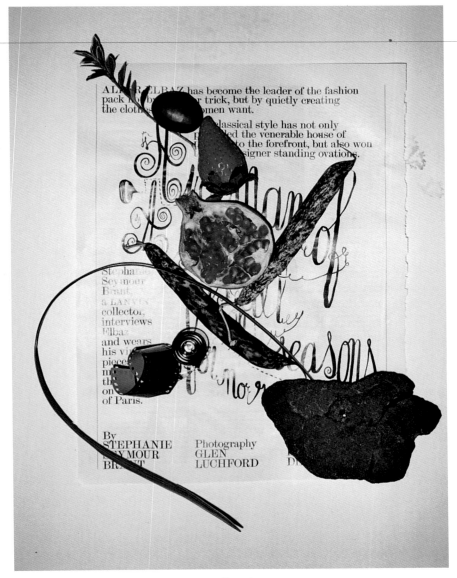

2012, Ihwa-dong

여기와 거기

© 장우철 2012

1판 1쇄 : 2012년 10월 15일
1판 2쇄 : 2012년 11월 19일

지은이 : 장우철

펴낸이 : 강병선
편집인 : 김민정

편집 : 김필균 강윤정 김형균
디자인 : 이기준

마케팅 : 신정민 서유경 정소영 강병주
온라인 마케팅 : 김희숙 김상만 이원주
제작 : 서동관 김애진 임현식
제작처 : 영신사
제본처 : 가인PUR

펴낸곳 : (주)문학동네
출판등록 : 1993년 10월 22일
제406 - 2003 - 000045호
임프린트 : 난다

주소 : 413 - 756 경기도 파주시 교하읍 문발리 파주출판도시 513 - 8
전자우편 : nanda@nate.com / 트위터 : @nandabook
문의전화 : 031 - 955 - 2656(편집) 031 - 955 - 8890(마케팅) 031 - 955 - 8855(팩스)

ISBN : 978 - 89 - 546 - 1910 - 3 03810

이 책의 국립중앙도서관 출판시도서목록(CIP)은 e-CIP 홈페이지(www.nl.go.kr/cip)에서
이용하실 수 있습니다.(CIP 제어번호 : CIP2012004510)

www.munhak.com